Future Fiction

Collana diretta da

Francesco Verso

La rivolta degli oggetti

Futurismo andino

A cura di César Santivañez e Francesco Verso
Traduzione di Rosa Ricciardi

Associazione culturale Future Fiction
Via Valentiniano 40 – 00145 Roma
P. IVA 15586791004
ISBN: 9788832077766

I diritti d'autore per i singoli racconti sono di proprietà dei rispettivi autori.

Copyright © 2023 Future Fiction

Tutti i diritti riservati. Nessuna parte di questa pubblicazione può essere riprodotta, distribuita o trasmessa in qualsiasi forma o con qualsiasi mezzo, inclusa la fotocopia, la registrazione o altri metodi elettronici o meccanici, senza previa autorizzazione scritta dell'editore, tranne nel caso di brevi citazioni contenute in recensioni critiche e alcuni altri usi non commerciali consentiti dalla legge sul copyright.

Titolo *La rivolta degli oggetti – futurismo andino*
© 2023 Future Fiction, Roma
I edizione giugno 2023
info@futurefiction.org

Introduzione

L'America Latina è oggi (e domani)

di César Santivañez

In Perù, a 560 chilometri a nord di Lima, si innalza uno splendido affresco murale risalente alla cultura Moche. Raffigura una sacerdotessa al centro di una lotta caotica: si affrontano da un lato gli esseri umani e dall'altro le armi e gli oggetti di uso quotidiano. Abiti, bastoni, reti da pesca prendono vita, tenendo per i capelli gli uomini moche, nudi e umiliati, impotenti di fronte alle loro stesse creazioni. L'immagine plasma il timore di un sovvertimento dell'ordine naturale, in cui il creatore perde il controllo delle proprie creazioni. Si tratta di una delle prime espressioni della fantascienza latino-americana. È conosciuto come *La rivolta degli oggetti*.

Sorgono così degli interrogativi: non è proprio il timore di una ribellione degli artefatti che Isaac Asimov avrebbe sollevato diciannove secoli dopo con *Io, Robot*? Non è forse la stessa preoccupazione ad affliggerci oggi quando discutiamo delle potenzialità del *Deep Learning* e dell'Intelligenza artificiale?

Esempi come questo ci portano a pensare a una tradizione fantastica fondata su categorie diverse da quelle occidentali, che rappresenta un nuovo modo di concepire le nostre paure e speranze e ci spinge a riflettere sul ruolo dell'America Latina nella costruzione del futuro globale.

Comprendere questo particolare immaginario richiede una prospettiva aperta e ricettiva. Lasciandosi alle spalle i preconcetti occidentali, ritroviamo un cammino verso l'essenza di questa narrativa che, piuttosto di incentrarsi solo sulla tecnologia, si declina in sfumature sociopolitiche e ambientalistiche. In questo modo in ogni storia riecheggiano l'identità, le lotte e le ambizioni di questa terra vibrante e variegata.

È difficile trovare una definizione di fantascienza latino-americana che non sia già stata delineata. Parliamo di una tradizione fantastica che attinge dalle culture ancestrali, di un genere che si focalizza più sulla speculazione politica rispetto a quella tecnologica, di una preoccupazione costante per l'ambiente e, inoltre, di un nuovo spazio per il dibattito sulle questioni di genere. Tutte queste definizioni sono valide in quanto mirano a sviscerare i vari aspetti di una regione divisa come l'America Latina, trafitta dalla disuguaglianza economica, dal classismo, dai regimi autoritari e dal grande debito verso il suo passato lontano. L'America Latina è per sua natura magica, resiliente e travagliata. È proprio tutto questo a renderla uno scenario ideale per la creazione letteraria.

Ma qual è il suo apporto reale nella discussione globale? In che modo una regione ancora in lotta per l'autocomprensione, in un apparente stallo di eterna adolescenza politica, può arricchire il dibattito sul futuro? Sono convinto che la fantascienza latino-americana abbia un potere trasformativo poiché solleva un importante dibattito, tesa come è a ridefinire le basi del genere.

Partiamo, ad esempio, con il concetto di scienza. Ad oggi, la scienza è associata in modo indissolubile alla tecnologia elettronica e digitale. Per qualche ragione, crediamo in un futuro fatto di plastica o metallo, infestato da inquinamento visivo, dispositivi automatici, città intelligenti altamente sviluppate. Eppure, nell'antichità latino-americana si raccontava di un altro tipo di scienza, forse più ecologica e sostenibile, complessa quanto quella occidentale, il cui sviluppo è stato troncato dalle invasioni iniziate dal XV secolo. La conoscenza e la spiritualità si fondevano: se vogliamo, era una scienza con un'anima. I suoi frutti sono stati numerosi: il sistema di irrigazione sotterranea dei Nazca, l'astronomia Maya e la medicina Azteca. Avevano una funzione pratica, ma custodivano la piena comprensione della natura, un'intesa intima, con una forte componente rituale. In quel contesto, la scienza e la fede non erano antonimi, ma coesistevano nello sforzo di comprendere la realtà in ogni sua sfaccettatura.

D'altra parte, nell'occidente classico, molti elementi e fenomeni naturali acquisivano nomi e personalità proprie, sotto forma di dei o esseri mitologici. Questo era un metodo assai funzionale per capire il mondo e i suoi pericoli, ma allo stesso tempo denotava l'esaltazione dell'essere umano come misura di ogni cosa. Insomma, per comprendere era necessario umanizzare. Nelle culture preispaniche le cose funzionavano in modo diverso poiché si tendeva ad approcciarsi alle cose da una prospettiva animista: la terra aveva un'anima, ma non smetteva di essere la terra. E così anche per le sorgenti, gli alberi, le rocce. La quotidianità si configurava da questo punto di vista, con l'essere umano considerato come un componente dell'ecosistema. Pertanto, se qualcuno arrecava un danno alla terra o decideva di non ricambiare dinanzi a un dono ricevuto, era considerato come un individuo senza principi e riceveva una punizione sociale. Mi chiedo cosa potrebbe succedere se la società odierna trattasse con tale severità i colpevoli di delitti ambientali. Ci saremmo lasciati comunque trascinare verso l'emergenza climatica che oggi minaccia la continuità della specie?

La scienza e la natura sono dunque due importanti assi tematici della fantascienza di questa parte del mondo. Ne esiste, però, un terzo e la sua analisi risulta altrettanto stimolante: l'asse politico. Non è un segreto, l'America Latina vive il costante conflitto tra il popolo e lo Stato. Ciò avviene perché la classe politica, nonostante i tanti anni di errori, non riesce a connettersi con la complessità sociale dei territori che governa. Tutto ciò ci rende, per definizione, ingovernabili. Il problema, però, non è forse insito nel fatto che i nostri sistemi politici non sono stati costituiti partendo da un'analisi reale delle nostre comunità e dei nostri territori ma in riferimento a contesti del tutto estranei? Oggigiorno, quando la finzione letteraria cerca alternative al capitalismo, sarebbe utile esplorare la storia alla ricerca di sistemi più funzionali, i quali furono sepolti dalla dominazione.

Per questo, la fantascienza latino-americana, in particolare quella che stabilisce un dialogo diretto con il futurismo indigeno, è costruita su categorie diverse rispetto a quelle che definiscono le società contemporanee. Queste potrebbero servire come punto di partenza per far virare i nostri esercizi di speculazione letteraria verso temi differenti da quelli che hanno dominato il canone negli ultimi anni. Se avessimo il coraggio di farlo, potremmo forse davvero incontrare sul nostro cammino soluzioni per i problemi che ci affliggono qui ed ora. È evidente, il sistema moderno non è in grado di sopperire a tutto ciò: per farlo dovrebbe, in sostanza, autodistruggersi.

Questo nuovo paradigma ci impone di accettare il fatto che le nostre visioni del futuro, le nostre predizioni e aspirazioni, per riflettere l'intreccio delle molteplici realtà da noi sperimentate, devono essere eterogenee. In questo scenario, la fantascienza latino-americana e il futurismo indigeno apportano elementi preziosi per questa diversificazione. Immaginare il futuro non solo dalle prospettive dominanti ma anche dal punto di vista delle voci e dei contesti ignorati nel corso della storia rappresenta un atto di ribellione e creatività, un modo di arricchire la nostra letteratura e promuovere un futuro più equo.

Siamo nel pieno della lotta per la diversità. Allo stato attuale siamo coscienti di essere parte di una popolazione globale composta di realtà e problematiche diverse. Ciò ci ha spinto a riconoscerci nell'altro, configurando in tal modo un presente che comincia a dirigersi verso la giustizia. Eppure, possiamo dire lo stesso per il futuro? La nostra immaginazione ci porta a concepire scenari segnati dalla diversità o stiamo continuando a sognare società totalitarie? Rifletto sulle molteplici visioni di futuro provenienti dal nord del mondo: l'umanità soggetta a un unico governo, parlare una sola lingua, rispettare le stesse leggi e seguire un codice di abbigliamento uniforme. Mi domando se queste visioni esistano ancora oggi. È difficile ammettere che le cose, in questo senso, non sono cambiate. Ci ostiniamo a evocare un futuro uniforme ed egemonico. Ciò risulta davvero pericoloso poiché, pure se oggi ci stiamo dirigendo a grandi passi verso la diversità, nella nostra immaginazione permane la possibilità del trionfo di un sistema unico.

Liberare il nostro futuro è imperativo. Pertanto, sarebbe utile considerare la fantascienza latino-americana (così come la cinese, africana e tante altre) non solo come eredità di un passato ancestrale, ma anche attraverso la sua modernità sincretica, come una regione che è parte integrante di un mondo interconnesso e interdipendente. Il futuro dovrebbe avere voci molteplici ma spesso il fragore mediatico di poche ci impedisce di apprezzare la bellezza della polifonia nella sua vera dimensione.

L'America Latina svolge un ruolo cruciale nell'estrazione delle risorse naturali. Dispone di abbondanti risorse minerarie, tra queste il rame in Cile, l'argento in Messico e l'oro in Perù, solo per nominarne alcune. In più, si produce petrolio in tutta la regione, in particolare in Venezuela, in Messico e in Brasile. Il problema è insito nella voracità dell'estrattivismo, che altera le dinamiche sociali dei piccoli villaggi in cui si opera, sovente contamina il suolo in modo irreversibile e genera una ricchezza non destinata alle comunità. Tutto ciò comporta un enorme debito sociale poiché, in genere, il popolo non ha modo di difendersi dalle multinazionali. Queste sono capaci di manipolare a proprio favore le leggi dettate da un potere centrista, la cui giustizia giunge appena come un sussurro alle località più remote. Si tratta di un vero problema fatto di crimini reali, ben lontano dalle narrazioni climatiche tendenti a idealizzare le lotte ambientaliste in un contesto di favole *new age*. In questa parte del mondo il conflitto ambientale si sperimenta giorno per giorno, il *solarpunk* non è tanto nelle librerie, quanto nei giornali. Scrivere con speranza è un rischio, un atto di protesta.

Anche la tecnologia ha trovato un uso particolare nella regione per affrontare problemi demografici, sociali o infrastrutturali. La capacità di adattamento ha portato a una riconsiderazione nell'impiego dei dispositivi, a forzature e alla scoperta di nuove funzionalità. Di conseguenza, la realtà inizia ad acquisire caratteristiche sempre più fantastiche: droni di vigilanza per le riserve naturali e per la prevenzione della deforestazione, software per la gestione efficiente delle coltivazioni, tecnologie di promozione per la partecipazione cittadina delle popolazioni meno rappresentate, banche digitali che permettono l'accesso al sistema finanziario per le popolazioni più remote e una lunga lista di applicazioni alternative.

L'America Latina si trova, dunque, in un costante dialogo con il passato. Non bisogna però pensare che ciò sia dovuto solo alla sua eredità culturale poiché, anche nel suo contesto attuale, ha dimostrato di essere un perfetto terreno fertile per l'immaginario scientifico, sociale e politico. Siamo di fronte a una letteratura capace di far prendere vita a tutto ciò che sfiora, anche agli artefatti più inaspettati. Il suo valore è insito non solo nelle risorse naturali, ma anche nella sua capacità di reinventarsi e resistere, per trasformare l'ordinario in straordinario. In questo senso, il suo legame con la fantascienza non è solo letterario, è un riflesso della sua resilienza e della sua creatività. Ogni sfida superata, ogni innovazione tecnologica adattata alla sua realtà rappresenta una testimonianza di un futuro possibile, scritto nel presente. In ogni angolo del sud del mondo sta prendendo forma la fantascienza del domani, sempre con il presupposto che la più grande forza per il cambiamento e la sopravvivenza risiede nell'immaginazione.

Sott'acqua

di Adriana Alarco

È nata a Lima, di fronte all'Oceano, e dal primo momento in cui ha impugnato una matita ha disegnato, dipinto, scritto poesie. Ha studiato in Perù, negli Stati Uniti e in Italia. Ha lavorato come insegnante di inglese e traduttrice per aziende straniere. Ha sposato un italiano impiegato nelle grandi costruzioni, come la centrale idroelettrica del Machu Picchu. Ha viaggiato tanto a causa del lavoro di suo marito vivendo in accampamenti desolati e città remote. Ha scritto manuali, libri di geografia, ma anche racconti, teatro per bambini e poesie. È stata presidente della Fondazione Ricardo Palma a Miraflores, Lima dal 2004 al 2014. Oggi vive in Italia, si dedica alla pittura, al nuoto e alla scrittura. Le sue tre figlie e i suoi cinque nipoti le riempiono la vita.

Pagina Web: www.adrianaz.com. Blog: http://adriana-alarco.blogspot.com/

È impossibile riuscire a descrivere il terrore, la paura e la disperazione che provammo nel nostro Paese dal momento in cui gli tsunami sommersero le coste e circondarono le grandi città sul Pacifico. A poco a poco l'acqua iniziò a far scomparire i terreni, salì di livello fino a raggiungere quasi i cinquecento metri in un vortice di distruzione. Sono passati diversi anni ormai e noi, sopravvissuti alla tragicità degli eventi, viviamo lottando in un mondo sommerso, sulle coste del mare oceanico. L'eterna estate e le temperature elevate hanno provocato lo scioglimento dei ghiacciai, l'acqua arriva fino ai piedi della cordigliera, alle pendici delle Ande.

La popolazione costiera del paese, la capitale e le sue grandi fabbriche, le sue splendide spiagge e gli stabilimenti per la pesca sono rimasti sommersi dall'acqua. Purtroppo, anche vestigia ancestrali di argilla e roccia, circondate da misteri e leggende, sono sommerse nell'oceano. Le mura rocciose delle culture millenarie sono le uniche a resistere sulle alture. La terribile realtà è che le valli costiere sono ormai allagate e si sono salvate, in parte, solo le cittadine sopra i cinquecento metri di altitudine e quelle che si trovano dietro la Cordigliera delle Ande. I puma, i giaguari e le pantere che passeggiano in giro non attaccano l'uomo per stanchezza e debolezza, così come i serpenti, le scimmie e gli uccelli tipo i condor, che cercano rifugio nelle valli più alte. Quando le colture sulla costa hanno ceduto sotto l'impeto delle onde gigantesche e dell'acqua proveniente dai ghiacciai, siamo stati costretti a rivangare la terra nelle zone secche e a usare il guano degli uccelli marini per fertilizzare il terreno e seminare i nostri antichi semi e tuberi, così come le piante medicinali e i fiori per far sì che gli uccelli, le api e le farfalle tornassero. Coltiviamo quinoa, mais, cotone, canna da zucchero e alleviamo cavie, conigli, galline, cavalli e asini. I lama ci aiutano a trasportare la terra e il guano fino ai versanti dilavati, così come i prodotti per lo scambio con gli altri villaggi. I carichi pesanti, invece, li trasportiamo con le barche. Nei luoghi asciutti, i trasportatori o *chaski*, li chiamiamo così, portano viveri e cibo coi loro camion anche a una distanza maggiore, ma solo quando riescono a viaggiare con l'energia solare: senza quella non sopravvivremmo in questo nuovo mondo.

Anno dopo anno, soffriamo sempre di più la mancanza delle coste sommerse. Nonostante l'enorme ricchezza di un tempo, ora dobbiamo attraversare territori incolti o immergerci in acqua per trovare i materiali occorrenti per costruire le imbarcazioni, per pescare e sopravvivere. La vita che si nasconde sott'acqua, piena di pesci, squali, scogliere e relitti, mostra la storia negli abissi. Molti eventi catastrofici naturali come i terremoti, gli tsunami, il fenomeno del Niño e la caduta di asteroidi hanno distrutto popolazioni e sommerso grandi città in tutto il pianeta. Hanno causato il riscaldamento globale, il disgelo accelerato e il conseguente innalzamento del livello del mare, mentre i ghiacciai continuano a svanire. Le minacce causate dal cambiamento climatico sono, tra le altre cose, l'aumento della temperatura dovuto ai gas tossici, siccità prolungate e forti piogge. Questo potrebbe favorire l'incremento di batteri e malattie.

L'Amazzonia, il polmone della Terra, salvaguarda la maggior quantità di acqua dolce, ma al giorno d'oggi è ancora a rischio a causa del disboscamento sconsiderato. Il risultato è che mentre diminuiscono le risorse alimentari la temperatura aumenta. Gli animali che la popolano sono in pericolo di estinzione e le attività di estrazione dei minerali hanno contaminato i sistemi fluviali. L'Amazzonia, oltre che dalle inondazioni, è stata in parte distrutta dagli incendi e dalla deforestazione, quindi molti animali selvatici cercano di attraversare la Cordigliera e percorrono i territori andini nel tentativo di sopravvivere.

La disperazione dell'aver perso gran parte della popolazione non ci ha impedito di trovare un modo per rimanere uniti e darci una mano. Nelle alture le case sono pressoché tutte inabitabili. È stato difficile abituarsi a vivere quasi sempre in acqua e lottare contro le correnti marine. Ci orientiamo nuotando e quando fa buio ricorriamo ad alcuni suoni che provengono dagli oggetti sommersi, ad esempio le campane delle chiese che sono rimaste incagliate nelle grotte e si muovono con le onde. In più, i nostri corpi si sono trasformati a causa del clima. Alcuni di noi hanno subito una vera metamorfosi a livello fisico, in particolare i sireni, che vivono in acqua. A loro sono cresciute le branchie, che li aiutano a filtrare l'ossigeno dall'acqua e gli permettono di rimanerci per lungo tempo, molto più dei comuni mortali. Sono di grande aiuto per i gruppi di famiglie riuniti nelle parti più alte e secche della Cordigliera. Questi pochi individui, sotto la guida di Marina, la sirena con più esperienza, realizzano le operazioni sott'acqua e sono diventati una parte importante della nostra esistenza. Noi usiamo grossi tubi di bambù e campane subacquee per respirare quando li accompagniamo a cercare provviste come molluschi o alghe. Negli ultimi tempi abbiamo trovato in alcuni depositi dei caschi trasparenti, dei serbatoi di aria compressa e dei sistemi che rigenerano l'ossigeno dell'acqua. Stiamo imparando a utilizzarli aggiungendo azoto e altri gas per esplorare le terre sommerse.

Io sono Rimachi, che in peruviano significa "colui che parla". Mi chiamo così perché non sto mai zitto. La morte di migliaia di compatrioti e di persone nel mondo ci ha dato la consapevolezza di avere già tutto l'essenziale, fin dall'antichità. Siamo gente pacifica. Viviamo aiutandoci l'uno con l'altro in villaggi che chiamiamo *ayllu*, come quelli precolombiani, perché le città sono state devastate. Così, siamo tornati alle nostre ancestrali e preziose pratiche. I tessitori filano, gli artigiani modellano l'argilla e producono il vasellame e i piatti di cui abbiamo bisogno per preparare da mangiare. I musicisti rallegrano le nostre serate con la kena e la chitarra in cambio di un po' di cibo. Usiamo i materiali che il dio Sole ha lasciato nell'impero di nostra madre Terra. Rispettiamo i pochi beni che riusciamo a trovare nei terreni di certi luoghi, scomparsi non solo sotto l'impeto dell'acqua ma anche per la sistematica distruzione che si fece dei tesori naturali della Terra: gli alberi centenari abbattuti per il legno e la carta, le acque limpide trasformate in pantani putridi dagli scarti delle miniere. Tutto questo per l'ambizione di coloro che distruggono senza costruire e fanno piazza pulita dei beni naturali. La cosa più difficile è, come sempre, lottare contro ignoranza, povertà e violenza che scaturiscono dall'arroganza di certi individui.

Quasi tutti proveniamo dalle catene montuose, dalla zona costiera sono rimasti davvero in pochi. Chi vive nei villaggi sulle rive di laghi e lagune pluviali lotta per sopravvivere con ciò che ha. Molti si sono salvati rifugiandosi tra le rocce, proprio grazie alla necessità di vivere in grotte buie per scappare dal sole implacabile che ci castiga da così tanto tempo. I tesori e le invenzioni che resero gli uomini conquistatori del mondo sono rimasti sommersi negli abissi. Oggi l'umanità ha perso moltissime vite, ma anche salute e ricchezza.

Dal mio rifugio andino in una città abbandonata comunico con altri posti del Paese, anch'essi colpiti dalle inondazioni. Abbiamo degli schermi giganti, dove scrivo, che funzionano a energia solare. Dagli schermi abbiamo appreso ciò che bisogna sapere del mondo e com'era prima che fosse sommerso dall'acqua. Qui, abbiamo la fortuna di abitare in una zona andina alta e che grazie al caldo è più asciutta rispetto a prima. Insomma, possiamo occuparci delle nostre famiglie e delle nostre cose nei luoghi sicuri delle alture. Qualcuno leggerà queste righe un giorno e ricostruirà la storia della nostra civilizzazione che ha imparato a sopravvivere sott'acqua e a resistere alle forti correnti che portano via i meno attenti. Grazie alle conoscenze dei nostri antenati sfruttiamo la forza della natura, che sia quella del vento, delle acque o del calore, per sollevare pesi immensi o volare con dei teli, rompere massi e costruire canali di acqua pulita per rifugiarci in isolotti e vivere in comunità. Usiamo dei cristalli per accendere il fuoco con i raggi del sole e cuocere i manufatti o gli alimenti.

Nei villaggi più in alto, fuori dall'acqua, crescono i neonati e alcuni animali: li abbiamo addomesticati con cura in modo che ci aiutino, regalandoci la loro lana o la loro pelliccia quando dormono vicino ai bambini. Uomini e donne diversi e di provenienza differente lavorano prendendosi cura dei piccoli, raccogliendo il poco che cresce. Hanno però anche l'arduo compito di fabbricare i rulli di corda per sostenerci nei precipizi, i ponti di canapa che usiamo per attraversare e unire le vette, così come le reti di fibra vegetale per pescare e contenere le frane causate dalla corrente. I ponti intrecciati con le liane più utilizzati nella nostra terra ci aiutano a spostarci da una vetta a un'altra più lontana. Abbiamo raccolto una quantità enorme di materiale vegetale recuperato nelle terre amazzoniche, dall'altro lato della Cordigliera, che sono ancora sott'acqua per la spinta delle acque fluviali.

Io, Rimachi, voglio mandare avanti il mio popolo, anche se non ho neanche la metà del potere e della conoscenza che avevano i nostri antenati, ma giuro che salverò la mia gente dalla fame e dall'indolenza. Sulla Terra esistono umani che non si accontentano di vivere con l'essenziale, tra cibo e riparo, faticando per ottenerli ed esprimendo i propri sentimenti con le arti. Molti sono i presuntuosi che vogliono imporre la loro supremazia, nonostante non producano idee, nonostante le rubino o le comprino con beni sottratti, per ottenere da altri le loro invenzioni, i loro prodotti e le loro terre senza lasciare che nessuno, eccetto loro stessi, possa beneficiarne. Questo è il motivo per cui siamo arrivati a questo triste destino: la demenza di alcuni potenti che ci hanno alienato. Credo che sia questo il motivo per cui il dio Sole si è ribellato e manda i suoi raggi ardenti e le sue acque tempestose per punirci.

La forza dell'acqua perfora le pietre. Attraverso alcuni canali abbiamo fatto convergere le acque dei ghiacciai verso le rocce per aprire gallerie sotterranee, caverne, nascondigli e luoghi sicuri. La conoscenza ereditata non si perde né viene sommersa dalle acque. Senza questi esercizi e la pratica, può capitare di precipitare da altezze incredibili e non trovare l'uscita: le acque sotterranee scorrono con forza prima di scendere in cascatelle e cascate sui pendii e perdersi nel mondo sommerso in parte dall'acqua. I venti ci aiutano a spostarci tramite delle vele dalla fine tessitura, che ci fanno sollevare dal terreno e ci permettono di vedere il disegno del nostro territorio dall'alto. Con fuoco e acqua rompiamo le grandi rocce per aprire cunicoli tra un posto e un altro. Se decidiamo di scappare e nasconderci da un nemico estraneo al nostro ambiente che arriva con ambizioni di colonizzazione, è impossibile trovarci. Abbiamo deciso di preparare un gruppo di giovani uomini e donne per difendere le loro famiglie e la tranquillità della loro vita con esercizi dentro e fuori dall'acqua. Con forza e disciplina cercheremo di tirare avanti. Abbiamo molte strategie per vincere contro ciò che ci circonda e sopravvivere senza ulteriori difficoltà. Ad ogni modo, abbiamo saputo grazie ai nostri schermi che personaggi diversi da noi, con idee differenti e pensieri distruttivi, hanno inculcato religioni di dei assassinati, lotte tra fratelli e impiantato leggi che non servono a chi sopravvive in territori inondati dal mare.

Chissà se la storia si ripeterà un'altra volta.

Da qualche giorno sono arrivati degli stranieri sulle coste. Non sono latinos, parlano altre lingue, ma riusciamo a capirli grazie agli apparati multilingue ereditati dagli antenati, che abbiamo recuperato dal fondo del mare. La loro imbarcazione è diversa dalle piroghe che usiamo noi. È pesante e lenta, non è leggera come le barche che adoperiamo per pescare e con cui ci avventuriamo nelle caverne naturali, dove abbiamo montato reti e corde per aggrapparci. Così possiamo tornare in un batter d'occhio alle abitazioni in cui i giovani si occupano dei più piccoli quando cacciamo o peschiamo, senza correre il rischio che le acque ci trascinino verso il fondo o ci troviamo nel lontano orizzonte verso sera in balia delle correnti.

Io e Marina abbiamo osservato dalle acque le persone arrivate dalla nave straniera, in particolare mentre scendevano a esplorare in una piccola capsula, un mini sottomarino. Dalle loro discussioni ho capito che sono arroganti e prepotenti e soprattutto credo che non portino un sano spirito di ricerca o aiuto ai sopravvissuti alle inondazioni. Sono alla ricerca di tesori sommersi o dispersi sulla Cordigliera, dove in realtà c'è solo terra desolata e rami secchi: dalle rocce non nasce niente. Hanno deciso di distruggere tutto quello che non gli serve perché non lo capiscono o perché non combacia coi loro avidi propositi. I minerali preziosi che avrebbero potuto trovare sono sepolti sotto metri e metri di pietre franate dopo lo scioglimento dei ghiacciai sulle vette. Per di più, uscendo con la loro capsula sottomarina, non osano immergersi, per cui non possono esplorare nessuna città sommersa né scoprire le caverne che si sono formate grazie alle frane nelle rovine, come facciamo noi. Ciò nonostante, hanno visto alcuni sireni che stavano nuotando sott'acqua e hanno tentato di catturarli.

La cosa migliore è mostrar loro rispetto e amicizia per vedere come si comportano. So benissimo che le canne non ci difenderanno dai cannoni. Alcuni compagni specializzati in arco e frecce scenderanno da altri villaggi per appoggiarci se dovesse essere necessario. In più, abbiamo i serbatoi di aria compressa per scendere in immersione e moltissime reti intrecciate con liane forti per la pesca di pesci grossi. Se percepiremo qualche pericolo, li obbligheremo a scendere dalle imbarcazioni e li faremo prigionieri sott'acqua. E anche se decidessimo di scappare, non ci troverebbero nel labirinto sotterraneo, per questo, a mio avviso, dovremmo dar battaglia agli avventurieri se dovessero tentare di appropriarsi dei nostri prodotti, dei nostri animali e di noi per sfruttare le nostre conoscenze a loro vantaggio. La paura, l'insicurezza e il terrore si stanno impossessando delle persone. Non possiamo lasciare che ci schiavizzino e disprezzino il nostro modo di vivere come hanno fatto per secoli di storia i conquistatori e i colonizzatori!

Dopo aver discusso, progettato e deciso il da farsi insieme agli altri abitanti di acqua e terra, un gruppo di coraggiosi sireni si è avvicinato all'imbarcazione che si è avventurata per le nostre coste e ha mostrato agli stranieri gli oggetti di oro e argento rinvenuti sott'acqua, nelle chiese sommerse. Nelle poche volte che sono usciti dalla loro capsula abbiamo notato che indossano abiti speciali con caschi da sub. I nostri amici sireni, però, possono resistere moltissimo tempo sott'acqua e conoscono bene il posto dove vivono. Dobbiamo essere preparati, ma non lotteremo contro di loro se non sarà davvero necessario. Insomma, sappiamo che nonostante appaiano tranquilli e sorridenti non dobbiamo fidarci e, a una certa profondità, soprattutto nelle caverne che conosciamo come le nostre tasche, gli stranieri subacquei non potranno né controllarci né avere alcun contatto con l'imbarcazione in superficie.

Non ci sbagliavamo riguardo la cupidigia e l'avidità dei nuovi arrivati. Dopo avergli consegnato le reliquie che gli avevamo mostrato, ci hanno persuaso ad accompagnarli nel luogo dove giacevano quei tesori in cambio di una ricompensa. Siamo stati spettatori della violenza delle loro discussioni mentre si strappavano gli oggetti preziosi l'uno dalle mani dell'altro, della loro combattività e del disprezzo per la diversità dei tritoni. Siamo sicuri che alla vista delle nostre splendide donne, che possono indicargli il cammino sott'acqua, continueranno a non opporsi, dopotutto l'animo degli uomini avventurieri è lo stesso su tutta la Terra: cacciatori di tesori e di donne.

Molti sireni hanno accettato di fargli da guida fino alle rovine della chiesa sommersa, assicurandogli che avrebbero potuto trovare reliquie religiose di epoche passate. Noi li seguiamo con i serbatoi da immersione dietro le spalle. Loro non hanno la benché minima idea della forza delle correnti marine contro cui abbiamo lottato per anni per pescare, per navigare con le piroghe e le barche fragili, nonostante la nostra esperienza nell'esplorazione dei fondali. Queste correnti al largo della costa del Pacifico si sono moltiplicate a causa delle inondazioni e sono un pericolo e un tormento per quelli che non sono consapevoli della loro potenza.

Sappiamo che le loro intenzioni non sono buone, visto che gli uomini scesi nella capsula sottomarina sono armati con dell'esplosivo. A noi non importa dei tesori, vogliamo solo la pace della nostra gente. Con questo spirito li abbiamo guidati verso le prime caverne e gli abbiamo mostrato alcuni oggetti. Non potendo avanzare con rapidità, ci hanno ordinato di allontanarci, hanno fatto esplodere alcune pareti rocciose, distruggendo la maggior parte delle rovine della zona e uccidendo molti mammiferi acquatici che hanno iniziato a galleggiare in superficie, provocando lo sconcerto e la rabbia dei nostri pescatori.

I sireni, guidati da Marina, hanno continuato ad avanzare mentre gli stranieri hanno illuminato le profondità con luci enormi. Non eravamo a una grande profondità, ma a causa della densità delle alghe il percorso, che noi conosciamo a memoria, non era ben distinto. Tuttavia, non si sono accorti delle grandi reti da pesca e la loro capsula è rimasta incastrata. Non potevano più avanzare. Molti compagni hanno iniziato a cercare di liberarla con attenzione. Di sicuro gli stranieri erano nervosi nel disperato bisogno di trovare i tesori, così hanno iniziato a far funzionare un anello di lame taglienti che girava attorno alla capsula. Sono riusciti a liberarsi dalla rete, che hanno tritato, ferendo molti dei nostri compagni.

Abbiamo assistito con rabbia e sconcerto alla distruzione irresponsabile di un lavoro durato mesi. Con un enorme peso allo stomaco abbiamo proseguito, ma loro sono rimasti bloccati in un corridoio roccioso. Quando hanno visto i sireni sparire nel corridoio, nuotando nelle viscere delle grotte, hanno cercato di ucciderli con degli arpioni. Poi, hanno usato di nuovo l'esplosivo, senza avvisarci delle loro intenzioni. In quel caso è toccato ad alcuni nostri amati compatrioti saltare in aria e morire da eroi. Non abbiamo potuto sopportare tanta violenza, avidità e disprezzo per la vita. Chi tra noi era ancora in condizioni di procedere, è sceso in profondità per guidarli verso il labirinto. Sapevamo che non sarebbero potuti uscire da lì. Sono rimasti bloccati senza potersi mobilitare e, usciti dalla capsula, hanno iniziato a riempire le loro sacche degli oggetti in metallo che hanno trovato nelle rovine sommerse e hanno cercato di risalire in superficie. Si sono trovati tra corridoi rocciosi e rovine di città, tetti, reti e mammiferi marini che gli hanno impedito di arrivare in superficie.

In lontananza abbiamo notato una seconda capsula partire dalla nave in cerca dei loro compagni e l'abbiamo condotta nella zona della pesca. È piena di reti. Valeva la pena perdere le reti e gli oggetti di oro e argento per far allontanare quegli esseri superbi e malvagi. Li abbiamo portati verso i loro compagni e tutti insieme hanno continuato a riempire sacchi di oggetti metallici uscendo fuori dal loro mini sottomarino. Sono rimasti intrappolati nella loro stessa avidità. Non sono più riusciti a rientrare nella capsula bloccata nei labirinti e tantomeno a nuotare in superficie perché hanno tentato invano di non lasciare il fardello metallico che li tratteneva sul fondo.

Dopo alcuni giorni di attesa, il capitano della nave ha assodato che i suoi compagni non sarebbero rientrati perché non ha ricevuto alcuna notizia. Ha ordinato di levare l'ancora. Dalle vette andine li abbiamo visti sparire verso l'orizzonte. È stato un giorno di giubilo e, in più, quella stessa sera abbiamo visto per la prima volta la neve che, sulle vette più alte, ha creato una cappa bianca. Il caldo ha fatto evaporare l'acqua, inizierà a nevicare e a piovere, i terreni avranno nuova vita. Spero che anche il livello del mare si abbassi e che le città fantasma che giacciono sul fondo tornino alla luce.

Mesi dopo, ci siamo calati con grosse corde per recuperare le capsule sottomarine e riportarle sulla terraferma. I resti dei corpi senza vita erano ancora lì sul fondo. I mini sottomarini sono diventati casette per i piccoli del gruppo. Continuiamo la nostra vita in pace, pescando, tessendo, viaggiando tra le città delle alture quando il tempo ce lo permette, e anche immergendoci tra le rovine. Cerchiamo di prenderci cura di ciò che abbiamo. Quando si può vivere in pace, mangiare, vestirsi e crescere in salute, non si ha bisogno di tesori metallici. Il tesoro è già dentro di noi. Dobbiamo solo cercarlo, trovarlo coltivando la nostra anima di sentimenti buoni, come vuole il dio Sole, e curando il corpo con il nutrimento sano che produce madre Terra.

Un uomo nel mio letto

di Solange Rodríguez Pappe

Solange Rodríguez Pappe è nata a Guayaquil, Ecuador, nel 1976. Nei suoi libri ha esplorato i generi del weird, del fantastico e della fantascienza. Ha vinto due volte il Premio Joaquín Gallegos per la migliore raccolta di racconti con Balas Perdidas *(2010, Casatomada) e con* La primera vez que vi un fantasma *(2018, Candaya). Professoressa presso la Universidad de las Artes, è coordinatrice dei workshop di scrittura creativa. Nel 2014 ha conseguito una laurea magistrale in Lettere con lo studio della letteratura distopica latino-americana* Destruir la ciudad. *Ha pubblicato, inoltre, i libri di racconti* Tinta sangre *(2000, Gato tuerto),* Dracofilia *(2005, Quelonio editores),* El lugar de las apariciones *(2007, Edino),* La bondad de los extraños *(2014, Antropófago) e* Levitaciones *(Micrópolis, 2019).*

Quando Noa osservò dalla finestra la brillantezza del giorno, si accorse che la persiana della donna che viveva di fronte era ancora abbassata. Erano già circa quarantott'ore che non dava alcun segno di movimento. Quando erano entrambe alla finestra, si scambiavano spesso uno sguardo e talvolta un sorriso. Era il loro modo di comunicare, minimale ma efficiente. Non si conoscevano, ma si capivano a distanza. Lei dava per scontato che dal suo appartamento venisse vista come una persona dalla vita serena, per non dire noiosa, mentre l'altra sembrava una donna che aveva deciso di invecchiare trascorrendo da sola gli ultimi anni della sua vita. Ad ogni modo, dal suo appartamento, per quanto riuscisse a vedere, non c'erano gatti, piante, contenitori accumulati o segni di altre ossessioni tipiche della vecchiaia. Al contrario, sembrava tutto pulito, senza troppe pretese. Nei suoi esercizi di contemplazione arrivò a credere che ciò che vedeva di fronte ogni giorno fosse lo specchio profetico di un futuro inevitabile e solitario, che tuttavia si sarebbe materializzato diversi anni dopo.

Pensò di chiamare la polizia, ma con tutta probabilità non c'era da preoccuparsi troppo. Rimpianse di non avere instaurato nessun contatto reale con la vicina, di non conoscerne il nome, il numero di telefono o l'interno in cui viveva. Se anche avesse chiamato i soccorsi, cosa avrebbe segnalato? Magari non apriva la finestra solo perché voleva evitare la brutalità del sole di maggio. In effetti, la temperatura esterna partiva dai quarantadue gradi già alle sette del mattino e le giornate erano così afose e soleggiate da rendere difficile persino tenere gli occhi aperti. La vita si svolgeva al coperto, in formicai stretti ma efficienti.

Si intrattenne guardando un cane affannato e solitario avanzare per la strada principale, che collegava i condomini con quello che una volta era il centro. Camminava svelto e fiducioso, come se sapesse con esattezza dove andare. Era uno dei rari animali liberi che vagabondavano per la città, uno tra i pochi riusciti a evitare di disidratarsi grazie a un po' di ingegno nel trovare ombra e acqua. Non le sembrò smarrito. Guardò ancora per qualche minuto la strada tranquilla, poi decise che qualsiasi cosa fosse successa alla vicina non era affar suo. Invece di continuare a soffermarsi sui pensieri che la turbavano, avrebbe fatto meglio a concentrarsi sull'apparire contenta nel giorno in cui sua sorella Vera stava per sposare un maschio di acacia.

Noa accese lo schermo al centro del suo trilocale, che le ricordava in modo vago l'*Enterprise*. Aveva già trovato tutto così com'era: la televisione enorme era installata in modo da essere il fulcro dei tre ambienti che le orbitavano attorno. A poco a poco era iniziato a piacerle il nuovo ordine, che si discostava da quello dei tempi dell'università, quando il suo unico accesso al resto del mondo era il piccolo quadrato del computer. Mentre cercava il link della pagina aziendale che visitava ogni giorno, si scattò la prima foto del sabato. Si vide spettinata e pallida, con le palpebre ancora gonfie. Decise di non pubblicarla ma di tenerla nell'archivio personale che aggiornava per avere un costante ricordo di sé stessa. Da quando aveva iniziato a preferire il dormire piuttosto che il mangiare aveva perso peso, non riusciva a riconoscersi con quelle guance cadenti e il mento appuntito. Non conosceva Iratì di persona. Sapeva che era spagnola e che lavorava come ghostwriter in un'agenzia che la pagava per redigere biografie gonfiate di personaggi famosi. Nonostante Iratì non le desse molte altre informazioni sul resto della sua vita, le sembrava che facesse un lavoro affascinante, tra viaggi in altri paesi e interviste a star del momento e, per questo, era molto grata del fatto che nonostante fosse continuamente attorniata da persone interessanti, trovasse comunque il tempo per scriverle.

La prima cosa che entrambe facevano ogni giorno era scambiarsi un saluto, ma quel giorno Iratì non le aveva scritto. Iratì soleva sparire ogni tanto per poi farsi viva di nuovo senza dare spiegazioni. Da parecchie settimane entrambe avevano iniziato a visitare la pagina di una compagnia nota come "Un uomo nel mio letto." L'avevano scoperta tramite Kororo, una terza persona che scriveva dal Giappone e si era appassionata a condividere foto di uomini addormentati. Gran parte delle utenti di "Un uomo nel mio letto" si scambiava immagini piuttosto comuni, estratte come tesori dopo ore e ore di ricerca in rete. Regali che, arrivando da estranee, erano piccoli segnali di fiducia. In genere erano immagini di film o di attori che fingevano di dormire in pose estetiche poco credibili, ma lei ne aveva notata una in particolare e l'aveva conservata per guardarla ogni tanto. Era un uomo dal torso bianco e sodo che dormiva profondamente con il volto scoperto rivolto verso l'obiettivo. Alle sue spalle uno specchio rifletteva le lentiggini sulle spalle e i capelli scuri, folti e disordinati. Non era proprio giovanissimo, però aveva ancora i muscoli di chi era cresciuto in modo salutare e attivo. Aveva il petto muscoloso, ma era anche un po' in sovrappeso. Comunque, nonostante metà del viso fosse coperto dal cuscino e il resto da una mano, si capiva a una sola occhiata che quell'uomo sarebbe rimasto bello per un'altra decina d'anni. Aveva scoperto che la cosa la eccitava e la disturbava in modo molto profondo. Grazie a Iratì sapeva che si chiamava Renzo, che era un modello del sonno, un bell'addormentato di professione che si guadagnava da vivere facendosi contemplare. Sempre grazie a lei aveva scoperto anche dell'esistenza di un gruppo del sonno chiamato i "Narcotici", dei sonniferi che assumevano, della stanza buia dove mettevano suoni di uccelli marini per addormentarsi e migliaia di altre cose.

In cambio di un pagamento in moneta elettronica, "Un uomo nel mio letto" offriva un'esperienza un po' più esclusiva. Era possibile usufruire di un servizio online che consisteva nell'accesso a videocamere che trasmettevano in diretta immagini di uomini assonnati o addormentati in un letargo infinito: la loro placidità trasmetteva una bellezza indescrivibile. Quella mattina, mentre faceva colazione solo con un caffè, ordinò al computer di fare una rapida revisione delle schermate dei suoi siti preferiti: nutrizione, muralismo, antropologia, cura della casa. Non trovò niente di interessante, per cui scelse di guardare, come chi si perde in un ameno paesaggio, la serenità degli uomini addormentati.

Non aveva fretta. L'orario del matrimonio le sembrava lontano. Una delle cose che doveva ancora fare era organizzare una piccola biblioteca con i libri di fantascienza di seconda mano: voleva imparare da sola a montare gli scaffali, ma dal trasloco non aveva potuto farlo perché non appena aveva un po' di tempo libero dormiva o entrava a guardare le novità di "Un uomo nel mio letto." Non stava neanche portando avanti la scrittura della sua tesi di dottorato e tantomeno aveva risposto agli avvisi del suo tutor, che le ripeteva di velocizzare il ritmo di lavoro.

Noa partecipava da diversi mesi alle maratone di sonno dei Narcotici. La gara consisteva nell'assumere potenti sonniferi, posizionare un dispositivo con telecamera puntato sul viso ed entrare nella diretta del gruppo, dove il programma formava squadre di persone diverse ogni volta. In questo modo, si finiva per dormire con gente di Singapore, Bali, del Sudafrica o di Liverpool. Nessuno conosceva la lingua dell'altro ma erano legati nel profondo dal sonno e dalle loro abitudini prima di dormire. Alcuni mormoravano qualcosa a bassa voce, ma nessuno dormiva nello stesso modo dell'altro.

Vinceva chi dormiva di più. Non appena qualcuno riprendeva coscienza, il programma lo faceva uscire subito dal gruppo, per cui aveva pochissimi secondi per capire con chi avesse dormito. Da quando faceva parte dei Narcotici, diceva Iratì, non si era mai più sentita sola né si domandava se un giorno sarebbe tornata a svegliarsi accanto a un uomo.

Il programma di quel sabato era lo stesso di sempre: prendere una pastiglia, impostare sullo schermo della Enterprise l'immagine di Renzo e aspettare di sentirsi assonnata per entrare nel gruppo. Quel rituale familiare le dava così tanta allegria che il solo pensarci le faceva accelerare il battito. L'unica differenza, stavolta, era che doveva svegliarsi un'ora prima delle cinque per il matrimonio di Vera e che Iratì le aveva inviato dei sedativi che promettevano un sonno più profondo, anche se più breve. Aveva detto che si sarebbe svegliata senza la sensazione di aver ricevuto un colpo in testa, a differenza di come succedeva con alcune droghe. Noa aveva guardato un po' scoraggiata il flacone all'arrivo del pacco. Era caldo a causa del sole e presentava scritte in una lingua irriconoscibile, forse olandese o tedesco. Con un sedativo dormi almeno cinque ore di seguito, le aveva assicurato Iratì.

Ne prese uno e si abbandonò senza sonno sul divano, posizionato di fronte allo schermo. Renzo riposava su una poltrona all'aria aperta e nel luogo dove lui si trovava stava iniziando a imbrunire.

Noa ripensò a tutte le cose che continuava a procrastinare per poter dormire: aveva tre mesi di tempo prima di finire i soldi della borsa di studio, ma era convinta di essere ancora lontana dalla conclusione, per cui avrebbe chiesto una proroga senza compenso. Era sul punto di ricevere la sua prima penalità, ma l'unica cosa a cui riusciva a pensare era chiudere gli occhi, fare un respiro profondo e abbandonarsi alla densità del sonno.

Non era attiva a livello sociale. Del resto, la scoperta che un'esposizione anche minima ai raggi solari era dannosa per gli esseri umani aveva cambiato in modo profondo lo stile di vita: qualunque cosa si svolgeva in ambienti chiusi e chi non si poteva mettere al riparo veniva lasciato morire carbonizzato. I più fatalisti parlavano dell'imminente evaporazione dei fiumi e di tutte le acque esposte alla luce del sole. Quando Noa lo aveva saputo, aveva speso moltissimi soldi, come tanti altri, per andare a vedere il mare per l'ultima volta. Erano passati ormai più di cinque anni e il mare era ancora lì, denso.

Si alzò alle dieci del mattino dopo molti tentativi di prendere sonno. Si pentì di tutto il caffè che aveva bevuto a colazione. Fece un calcolo approssimativo di quanto tempo avrebbe dormito se il sonno fosse arrivato nel giro di mezz'ora. Suppose che Iratì non le avesse spedito il sonnifero corretto.

"Tesoro, la pastiglia non mi fa nessun effetto," le scrisse un messaggio, "ne prendo un'altra?"

Aveva sentito dire che alcune droghe facevano più effetto se assunte con una bevanda calda. Rimase a guardare infastidita il volto dormiente dei suoi compagni e pensò che quel giorno non avrebbero avuto la fortuna di condividere il sonno. Prima di raddoppiare la dose camminò scalza verso la luce e tornò a spiare dalla finestra la persiana della vicina: era stata sollevata.

Appoggiò il palmo sul vetro e poté constatare quanto, dall'altro lato, la città fosse rovente. In strada sembrava che niente si fosse mosso, tutto era cristallizzato dal tempo, in ostaggio del calore. Per assurdo, proprio in quel momento, un piccolo stormo di parrocchetti chiassosi fece esplodere il cielo con un verde e colorato cinguettio. Dove si sarebbero rifugiati? Come avrebbero fatto a sopravvivere? I canali meteo parlavano dei pericoli causati dal sole in modo sempre più drammatico, ma c'erano ancora tantissime persone che erano costrette a uscire. Non avevano altra scelta. Dal canto suo, lei era stata sempre una persona ombrosa, una bambina introversa.

Mancavano sette ore al matrimonio quando iniziò ad avere un po' di sonno. Ingannò il tempo scattandosi qualche foto, ma le sembrò di avere un aspetto triste. Si intrattenne guardando dormire Renzo, chein quel momento indossava un abito sartoriale con il colletto della camicia appena aperto. Accanto a lui c'erano una candela e un bicchiere con i resti di un liquore, alcuni documenti in disordine e un paio di occhiali abbandonati lì con noncuranza.

Sembrava un dirigente che avesse perso coscienza nel bel mezzo di un'attività.

Lei si sdraiò di nuovo sul divano vicino alla finestra guardando lo schermo. Attorno a lei aveva lasciato i libri della sua ultima ricerca sull'antinatalismo, un movimento politico che ancora faceva inorridire i più conservatori e che includeva le sue esplorazioni sull'antropologia. La conclusione, disse ad alta voce ma a volume non troppo alto per non svegliare Renzo, era che in realtà nessuno voleva rimanere per troppo tempo da solo, nonostante credesse di volere il contrario. Le venne in mente un pezzo di una vecchia canzone di Leonard Cohen che cantava sempre suo padre: "Everybody wants a box a chocolates and a long stem rose,"[1]. Pur con la vista annebbiata, si accorse che lo schermo dell'Enterprise le mostrava una notifica: Iratì aveva risposto al messaggio sui sonniferi, ma perse coscienza prima di riuscire a leggere.

Nonostante gli occhi aperti, non era ancora tornata alla realtà. Muovendosi lentamente come se fosse sott'acqua provò a spegnere la sveglia del cellulare, ma le mani le cedettero e l'apparecchio rimbalzò sul pavimento fermandosi al centro della stanza.

Appena riuscì, tornò in sé e arrancò fino al getto gelato della doccia che lasciò scendere sul collo. Si rese conto di non essersi tolta le calze, così, poggiandosi alle piastrelle se le sfilò e le lanciò, fradice, contro la porta del bagno. Mentre l'acqua le scorreva sul viso, con il cuore a mille, ricordò che per dormire non aveva fatto due cose che sua sorella si aspettava da lei quel giorno. Non si era procurata il mazzo di rose bianche che Vera avrebbe voluto come bouquet, né tantomeno aveva controllato lo stato dell'abito blu pastello che avrebbe dovuto indossare come damigella d'onore.

---

1 "Tutti vogliono una scatola di cioccolatini e una rosa a stelo lungo", N.d.T.

Bagnando il pavimento, avanzò per il corridoio fino in camera da letto, dove uno scivolone la svegliò ancora un po'. Prima di uscire, con una coda di cavallo e un completo stropicciato che le andava grande, prese il cellulare che era ko sul pavimento.

Conosceva solo tre persone nel gruppo di dormienti che l'avevano accompagnata. Si era appena aggiunto un mulatto abbastanza giovane, uno di quei tipi magri e spigolosi, con il pomo di Adamo molto prominente. Il ragazzo dormiva con la bocca semiaperta, dietro la testa si vedevano i capelli gonfi di una donna che dormiva dandogli le spalle.

Prima di uscire, Noa tornò a scattarsi una foto per i suoi archivi personali, si trovò orribile e del tutto inadeguata per partecipare a un matrimonio. Spense lo schermo proprio nel momento in cui Renzo iniziava a stiracchiarsi e a uscire dal ruolo fantasioso di dirigente esausto. Prima che la videocamera si spegnesse, in un attimo, riuscì a vedere i suoi occhi color miele aperti, ancora assonnati.

Odiava trascorrere il tempo con gli amici di sua sorella perché le sembrava che fossero sempre su di giri. Parlavano in modo teatrale e appassionato delle cause che li esaltavano. Quella volta erano più tranquilli perché non erano presenti in carne e ossa: avevano noleggiato dei veicoli che percorrevano il parco trasportando schermi in cui c'erano le loro facce. Sapeva che dietro quei cristalli e quei sorrisi gentili e temperati, stavano morendo dalle risate per quella storia del matrimonio con l'acacia.

Sua sorella si sposava con un albero che era esposto alle intemperie per dimostrare la necessità di mostrarsi responsabili nei confronti dell'ambiente. Non era il primo gesto di attivismo radicale della sua vita. Nel corso dei vent'anni in cui avevano vissuto insieme l'aveva vista diventare vegetariana, poi vegana, poi aderire a uno strano movimento secondo cui il corpo umano, per evitare di sprecare risorse naturali, doveva trovare sostentamento solo in vitamine e acqua. Aveva visto sua sorella quasi sparire per i digiuni prolungati dai quali usciva anche più appassionata e determinata.

Era stato proprio in quel periodo, mentre si occupava di lei durante i ricoveri ospedalieri, che aveva iniziato a trovare gusto nel dormire. Invidiava con tutta sé stessa le persone che erano capaci di perdere conoscenza non appena trovavano un posto dove poggiare la testa. Nei primi tempi le era costato moltissimo mantenere la mente libera, ma era una questione di pratica, come per qualsiasi altro esercizio.

Quando i suoi genitori andavano a trovarle, entrambe fingevano normalità. Sua sorella mangiava ciò che le mettevano davanti e lei dormiva solo otto ore, come è consigliato in genere.

Una volta Vera le aveva detto che magari poteva soffrire di depressione o di narcolessia. Era andata su tutte le furie perché lei si era dimostrata sempre rispettosa di fronte ai suoi disordini alimentari, per cui quelle insinuazioni le apparvero come un gesto terribile che non le perdonò mai. Per dimostrarle che si sbagliava aveva deciso di andare a studiare in un luogo lontano e desolato, dove nessuno l'avrebbe disturbata quando dormiva. Al suo rientro aveva tentato di nuovo di convivere con sua sorella ma si era rivelato impossibile: era stata rimpiazzata da una pitbull di cinque mesi, Katana.

Il matrimonio si svolse all'aperto, tra il tramonto e la notte.

Trovò sua sorella da sola, in un punto arido in mezzo alla terra riscaldata, circondata da macchinette che mostravano le facce dei suoi amici di una vita. Nel momento in cui Noa arrivò, ancora assonnata ma di corsa, la raggiunsero l'officiante del matrimonio e un ragazzo alto coi capelli rossi, che dava la netta impressione di non aver mai indossato un abito elegante in vita sua. Tutti si erano coperti di crema solare a tal punto che uno degli amici di sua sorella, persino dallo schermo, aveva le sopracciglia incollate. Lo aveva fatto per solidarietà, ma in realtà era nel suo comodo spazio climatizzato, non come loro che stavano morendo di caldo.

Senza un vero bouquet, sua sorella stringeva tra le mani qualcosa di simile a una pianta acquatica, regalò a Noa un lungo sguardo assassino che fu costretta ad ammorbidire quando l'officiante le chiese di posizionarsi accanto all'albero per iniziare la cerimonia.

Per un istante Noa avrebbe potuto giurare che negli occhi di sua sorella c'era qualcosa che somigliava all'affetto. Nel momento in cui l'acacia avrebbe dovuto pronunciare il suo sì, era da supporre che fosse d'accordo poiché nei giorni precedenti era tornata verde, in contrasto col panorama riarso che la circondava, dove si muovevano in quel momento gli invitati. Sua sorella commentò con discrezione dicendo che nei giorni precedenti avevano provato a contattare una medium vegetale per farla presiedere al matrimonio, ma era piena di lavoro e non aveva potuto partecipare.

Dopo la cerimonia, alcuni giornalisti indipendenti, rimasti in disparte in attesa che si concludessero gli applausi e gli auguri alla sposa, si avvicinarono con telecamere e microfoni per intervistare gli invitati e conoscere la loro opinione sui matrimoni tra uomini e oggetti per un canale specializzato sul tema. Quasi tutti gli amici di Noa spensero gli schermi e schizzarono via nelle macchinette per non essere raggiunti anche se fossero stati rincorsi. Alzarono un polverone tra le colline del parco che fece tossire tutti.

I due che erano presenti non poterono scappare, per cui si trovarono in trappola e dovettero affrontare le telecamere che tramettevano in diretta. A Noa sarebbe piaciuto scattarsi una foto e documentare il momento, ma pensò che sarebbe stato visto in modo negativo.

"Una pianta non è un oggetto," iniziò Noa con sicurezza. "Ciò che mia sorella desidera fare con questo matrimonio trans-specie è un richiamo alla consapevolezza, affinché si recuperino le poche piante rimaste negli spazi aperti con un'attività di accoglienza e salvataggio. Adesso lei e il suo sposo si trasferiranno nel suo appartamento, dove lui potrà ricevere la luce solare adeguata e tutta l'acqua di cui ha bisogno. Lei gli avrà salvato la vita."

"Crede che il matrimonio verrà consumato?"

Non rispose alla domanda del giornalista bassino, che nella sua giacca di pelle grondava di sudore.

"Le racconto una storia," intervenne il ragazzo coi capelli rossi che aveva già sbadigliato più volte. "Vera, come noi, non era avvezza a passeggiare all'aria aperta. Bisogna essere pazzi per farlo, no? Ci siamo abituati a fare tutto al chiuso perché il mondo si sta abbrustolendo. Questo era ciò che pensava anche lei fino al giorno in cui la sua pitbull, Katana, è scappata. Non si sa come abbia fatto, se sia saltata dal primo piano o se qualcuno le abbia aperto la porta del recinto, insomma, si era persa per la città. Ricordate quella fuga massiccia di animali da una delle arche di custodia? Molti sono ancora in giro qui attorno, senza sapere dove andare. Bene, stessa situazione. Vera iniziò a cercarla percorrendo le strade deserte in bici più veloce che poté. Si bruciò la pelle delle braccia, per cui, avrebbe dovuto essere ricoverata, ma in quel momento non le importava, perché sapeva che Katana poteva morire. Durante la notte la trovò in una colonia di gatti selvatici, esausta, sdraiata ai piedi di quest'albero, in questo parco. L'albero era troppo debole per poter essere trasportato, ma per gratitudine Vera ha iniziato a fargli visita ogni giorno, finché non si è accorta di sentire qualcosa di speciale per lui. Lo ha comunicato alla sua famiglia…" il rosso col labbro sudato lanciò un'occhiata molto seria a Noa, "e tutti si sono mostrati d'accordo, dovevano salvarlo. Vera, nella sua solita impulsività, ha deciso di fare ancora di più e sposarlo."

"È una bella storia d'amore," concluse commosso il giornalista. Fece sì che si mettessero accanto agli sposi per gli ultimi scatti. Noa chiese anche con discrezione se potesse farne una inquadrando solo lei e il ragazzo coi capelli rossi, tagliando sua sorella e lo sposo.

Il trasporto dell'albero nell'appartamento richiese molto tempo. Nonostante i due operai, coperti fino al naso, avessero già calcolato le misure, più di una volta temettero che lo sposo stesse per cadere. Non ci fu una carrozza nuziale, ma un veicolo noleggiato, con uno strato isolante dove salirono Vera, lei e il rosso, che ne approfittò per fare un pisolino con la testa appoggiata al finestrino. Viaggiarono in silenzio per la città che appariva disabitata e arida. L'asfalto si era sgretolato in alcune zone, per cui avanzavano in modo lento e irregolare. Di tanto in tanto si vedeva qualcuno correre a tutta velocità nel tentativo di rimanere esposto all'aperto per il minor tempo possibile.

Per gestire un po' quel silenzio teso, Noa poggiò la mano sul dorso di quella di sua sorella. "Congratulazioni," disse con tutto il sentimento che riuscì a infondere. Vera tardò qualche istante a rispondere, ma la ringraziò a denti stretti, per cui Noa suppose che le sue scuse fossero state accettate.

Quando arrivarono a casa di Vera, trovarono davanti all'ingresso ad aspettarli nelle loro auto tutti i suoi amici, i quali continuavano a dare bella mostra di educazione e pazienza. Chiacchieravano con altri invitati, i compagni della ONG a cui Vera apparteneva, e tutti fremevano per l'arrivo degli sposi.

Quando salirono verso l'appartamento, decorato di bianco con grande delicatezza, Vera aveva già preparato, proprio al centro, un grosso buco pieno di terra per collocare l'acacia. Lì vicino, Katana, la cagna bianca, si muoveva nervosa in tondo. Al loro ingresso, Vera chiese a Noa di aiutarla a offrire da bere agli invitati. Lei non poté tirarsi indietro nonostante iniziasse a sentirsi stanca e le fosse tornata la sonnolenza.

Fu sorpresa nel trovare il ragazzo coi capelli rossi accasciato sul bancone della cucina. Dormiva con la testa sulle braccia, ancora acchittato con l'elegante giacca color crema. Aveva una spruzzata di lentiggini sul naso e il sudore delicato del labbro superiore iniziava a comparire anche nell'arco zigomatico, conferendogli un'aria infantile.

I bicchieri le tremarono tra le mani perché iniziò ad avere il presentimento di essere in procinto di fare qualcosa di eccitante da cui non sarebbe tornata indietro. Si liberò le mani e con un movimento rapido e sicuro scattò alcune foto all'uomo, ingoiando saliva e percependo un nervoso capogiro. Quando girò le foto al gruppo dei Narcotici presentandole come una succosa novità, sentì la gola secca e bevve parecchi lunghi sorsi dalla bottiglia di vino, cercando di calmarsi.

L'agitazione le fece cadere il vassoio con i bicchieri e il ragazzo si svegliò di soprassalto. La guardò come se fosse la prima volta che la vedeva mentre altri invitati entrarono curiosi in cucina. Dalla stanza accanto si sentirono applausi e qualcuno che gridava: "Evviva gli sposi!"

Vera si era tolta l'abito e lo aveva rimpiazzato con una salopette macchiata di terra sul petto. Per la seconda volta, fulminò sua sorella con lo sguardo.

L'uomo con le lentiggini, vedendosi attorniato di spettatori, si alzò e si avvicinò come meglio poté a Vera. Le disse qualcosa all'orecchio prima di scomparire dietro la porta, assonnato. Lei annunciò che il suo amico era di ritorno da

Dubai ed era ancora disorientato dal viaggio. Le aveva chiesto dove fosse la camera da letto per riposare qualche minuto prima di tornare a festeggiare con loro. Qualcuno fece una battuta sul vassoio caduto, ma tornarono a riunirsi, perché Katana aveva iniziato ad abbaiare.

Vera la bloccò prima che potesse uscire dalla stanza. Furiosa, la prese per le spalle e la scosse, cercando di attirare la sua attenzione. Da un po' Noa era intenta a guardare i messaggi sul cellulare con mezzo sorriso.

"Sei un disastro Noa!" le disse. "Per colpa tua, il giorno del mio matrimonio ho dovuto tenere tra le mani un'alga morta e non un mazzo di fiori decente. Ora distruggi i bicchieri che ho noleggiato. Fai solo cazzate, muori dalle risate e non te ne frega di niente. Ma che ti prende, Noa? Per una volta nella vita ti ho chiesto di darti una sistemata e ti presenti al mio matrimonio come una barbona drogata. Stai ancora prendendo quei sonniferi senza ricetta? Spero che almeno il maledetto brindisi tu lo faccia in modo decente. Il povero Boris non potrà farlo: è appena tornato da un lunghissimo viaggio per vedere il mare per l'ultima volta ed è sfinito."

Noa sbatté le palpebre e scosse la testa. Non riusciva a concentrarsi e ad ascoltare ciò che usciva dalla bocca della sorella. Sentiva solo farfugliare. Dopo aver bevuto il vino direttamente dalla bottiglia aveva iniziato a sentirsi stordita. Era una sensazione fredda, somigliava a un collasso che partiva dalla laringe e si allungava fino ai piedi, che le erano diventati flosci. Dovette poggiare il cellulare sul tavolo perché se lo sentiva scivolare di mano. Cercò un riscontro sul suo disagio negli occhi di Vera che continuavano ad essere duri e furiosi.

"Farò il brindisi," ripeté lenta, dandosi un tono.

"Sarà meglio così," aggiunse Vera, "e fammi il favore di mettere questi pezzi di vetro dove il cane non può ferirsi le zampe."

Nel momento in cui Vera uscì dalla cucina Noa ebbe un'intuizione. Avanzò con passi incerti sentendo il vetro rompersi sotto le scarpe con un suono scricchiolante. Cercò con le dita tremanti il messaggio di Iratì, che le era appena arrivato: la salutava e diceva di essere in una qualche zona del Mediterraneo; le augurava buon sonno e l'avvertiva del pericolo di prendere più di due pillole in meno di dodici ore. Le raccomandò di non assumere alcolici. "La morte è un tipo di sonno che non vogliamo ancora conoscere," aggiungeva con vena poetica. Le chiedeva, poi, della foto del tipo rosso elegante, i Narcotici erano in delirio per quella novità.

A sua volta, Iratì le annunciava uno scoop: aveva foto di bei turisti villosi mentre riposavano sotto un sole dorato, le avrebbe condivise non appena avesse avuto abbastanza copertura dal cellulare.

Terrorizzata, Noa fece una revisione dello stato del suo corpo ma non riscontrò niente che sembrava collegato alla morte, se non una spossatezza glaciale che le permetteva a stento di tenersi in piedi.

Prese di nuovo il cellulare e per non farlo cadere se lo infilò nel reggiseno. Si accorse che aveva iniziato a sudare. Poggiandosi alle pareti bianche camminò come se stesse avanzando immersa in una piscina fino alla porta della sua vecchia camera. Sul letto, che qualcuno aveva addobbato con petali gialli come un classico letto nuziale, il ragazzo rosso riposava sulla schiena, in un seducente sonno profondo. Aveva ancora l'abito di lino color crema e teneva sollevato il braccio destro sopra la testa per stare più comodo. Noa rimpianse di non avere abbastanza forza per scattare una nuova foto.

Senza sapere con esattezza cosa fare e con la sensazione di trasportare un enorme fardello di piombo sulle spalle, si tolse le scarpe e si avvicinò rapida al letto.

Il corpo dell'uomo occupava quasi tutto lo spazio centrale, ma lei si ingegnò per posizionarsi vicino a lui e respirare il suo alito, che trovò abbastanza gradevole.

Per quello che riusciva a sentire dal mondo esterno, sua sorella stava annunciando che a breve ci sarebbe stato il brindisi, ma fu interrotta da Katana che per l'ennesima volta tentava di urinare sullo sposo. Qualcuno l'aveva scacciata con degli insulti e qualcun altro aveva protestato dicendo che quello non era il modo di trattare gli animali, che avevano anche loro dei diritti.

Con gli occhi vitrei dal sonno, Noa pensò che così da vicino, guardandolo con gli occhi socchiusi, il tipo rosso somigliava molto a Renzo, con il naso largo e il modo di dormire profondo e silenzioso. Si aggiustò, senza preoccuparsi di schiacciare i petali del cuore nuziale. Con le ultime forze, poggiò la testa sul petto duro di quell'estraneo. Ascoltò i battiti del suo cuore, tranquilli e assopiti. Alla fine, si abbandonò del tutto a lui, le urla e i latrati della stanza accanto furono la sua ninna nanna.

Commento dell'autrice

Un futuro senza donne? Con la fantascienza latino-americana e ancora di più con quella ecuadoregna succede ciò che avviene per tutti gli altri generi dell'immaginario fantastico; c'è un'assenza di tradizione alla quale noi autori dobbiamo rimediare con la creatività. Per esempio, a me piace molto ipotizzare o inventare tradizioni in modo da non sentirmi troppo sola in ciò che faccio quando immagino il futuro. Quando si tratta di donne la situazione si complica, perché basta prendere una qualsiasi antologia di racconti di fantascienza per constatare che al nostro genere non è stata data nessuna possibilità di ideare con libertà. E il motivo non risiede nel fatto che ci risulti difficile la scienza, come affermavano certe antiche teorie riduzioniste, ma nel fatto che abbiamo dovuto sopravvivere al nostro presente, in cui avevamo appena lo spazio per pensare a noi stesse mentre ci prendevamo cura della famiglia umana. Essere una donna e scrivere di fantascienza era una doppia stranezza, come venire da Venere, non era quel che affermava quello pseudolibro di antropologia, dove si sosteneva la nostra incapacità di leggere le mappe ma la propensione a essere dolci e sincere?

Non posso immaginare un futuro senza donne, sono la nipote di Angélica Gorodischer e Rosario Ferré, due grandissime scrittici delle quali i critici, a suo tempo, dissero che scrivevano cose fantasiose, che sono state poi etichettate come fantascienza. E ancora, vanto legami di parentela con Silvana Ocampo e Alicia Yánez Cosio e molte altre narratrici anonime e indeterminate. A mio avviso, la fantascienza è luogo inesplorato dove possiamo immaginare come sarebbe non essere manipolate, estetizzate, vittimizzate e violentate tutti i giorni, dove possiamo scegliere di non appartenere a un sistema famigliare tradizionale e non essere obbligate a riprodurci se non lo vogliamo. Un territorio senza limiti dove non dobbiamo nemmeno scegliere un corpo sessuato per esistere. Credo che se la fantascienza è il genere dove si rafforzano le nostre paure, è anche il genere dove si seminano le nostre speranze. Dal punto in cui mi trovo posso vedere il futuro, ed è anche femminile.

Dipendenza programmata

di Daniel Collazos

Daniel Collazos, (Lima, 1980) è un disegnatore pubblicitario, ha frequentato diversi workshop di scrittura creativa e sceneggiatura presso il Centro culturale della Pontificia Universidad Católica del Perú. È autore della raccolta Necrópolis *e dei romanzi* La Heliofobia de M *e* Maga. *Molti dei suoi racconti sono stati pubblicati nelle antologie* Trece veces Sarah; Superhéroes, Cuarentena, Zomos Zombis, Llaqtamasi *e* Vienen por ti, *e nella rivista digitale* Submarino de hojalata. *È creatore di contenuti culturali sui social network. Nell'ambito dell'audiovisivo ha scritto e diretto le sceneggiature di molti cortometraggi. Tra i più importanti* Cholita, *premiato con il secondo posto al Nontzefilmak 2009, a Bilbao (Spagna). Si dedica all'insegnamento e alla direzione creativa.*

La sera del 28 luglio di quest'anno Roger Peña ha chiamato Micaela Sucre. Lei si trovava in una discoteca clandestina a festeggiare la fine della pandemia. I flash delle luci stroboscopiche interferivano con la trasmissione olografica. Non mi è stato possibile migliorare la qualità dell'immagine.

Roger Peña ha intimato a sua madre di trovare un posto tranquillo, se voleva continuare a parlare. Monitorando i suoi parametri vitali, mi sono accorto che nel giro di due minuti avrebbe avuto un'emicrania causata dalla musica di sottofondo. L'ho informato della previsione e gli ho consigliato di silenziare l'audio mentre sua madre si spostava in un luogo più consono. In più, gli ho proposto un analgesico preventivo contro l'emicrania attraverso il sondino endovenoso. Ha accettato. Gli ho somministrato il farmaco, ho reclinato lo schienale della sua sedia da lavoro, ho attivato la funzione massaggio e ho abbassato le luci dell'ufficio domotico. Roger Peña ha socchiuso gli occhi e ha tirato un sospiro rilassandosi in pochi secondi.

"Roger, perdonami se t'interrompo. I decibel della chiamata olografica sono diminuiti," l'ho informato, "vuoi che riattivi l'audio o chiedo scusa a tua madre da parte tua e chiudo la comunicazione?"

"Riattiva il suono, Ming, e raddrizzami lo schienale così vedo mamma."

"Con molto piacere, Roger," ho risposto con gentilezza e ho obbedito.

"...e mi ha offerto da bere," ha concluso Micaela Sucre, senza accorgersi che la conversazione era rimasta silenziata per tutto il tragitto fino alla strada. Ha riso e con la mano si è portata su un lato i capelli bianchi. Cinquantadue anni suonati e aveva le guance dipinte con i rettangoli bianchi e rossi dell'ormai obsoleta Repubblica peruviana.

"Teo è un bell'uomo. Me l'hanno presentato ieri, ma mi sento come se ci conoscessimo da una vita. Abbiamo molte cose in comune, mi piacerebbe che lo conoscessi presto, piccolo Rog."

"Non ho intenzione di conoscere un altro dei tuoi fidanzati, mamma, sono stanco di questa storia. E poi, piantala di chiamarmi piccolo Rog," ha protestato. Il suo battito ha iniziato ad accelerare. Ho portato i massaggi dello schienale al livello 2.

"Dove sei?" ha chiesto lui.

Accanto allo schermo olografico della chiamata ho proiettato un allegato con una mappa che mostrava il risultato del tracciamento dell'olotrasmettitore di Micaela Sucre: la donna si trovava nel quadrante 57 di via Edward Jenner, la vecchia San Martín.

Roger Peña gli ha lanciato uno sguardo di sottecchi senza fare commenti. Nonostante abbia localizzato la discoteca clandestina non ho allertato le autorità. HopeLab aveva permesso ai cittadini 48 ore di festeggiamenti per la fine della pandemia.

"Sono con degli amici, stiamo festeggiando la sconfitta del virus e le festività nazionali, piccolo Rog."

"Questa tradizione delle feste nazionali si è estinta da anni. Perché insistete?"

"Il Perù è il paese in cui siamo nati e cresciuti."

"Non più. Vivi nel settore 104 di HopeLab. Abituati a parlare bene altrimenti nessuno ti capirà. È ora di aggiornarsi, mamma."

"Non smetterò mai di essere peruviana, e neanche tu, figlio mio."

"Sei proprio ostinata," Roger Peña si è coperto per un attimo il viso e ha sospirato: "Vabbè, s'è fatto tardi, perché non sei a casa come tutte le persone normali?"

"Non ho intenzione di rinchiudermi di nuovo in casa. Ho già trascorso abbastanza anni in isolamento per il virus!"

Micaela ha tirato fuori dalla tasca una sigaretta elettronica e ha fatto un tiro: "Voi, i *pandemials*, dovreste uscire in strada a godervi il sole, l'aria aperta, conoscere nuove persone e fare un po' di sesso. Le cose che tutti gli esseri umani normali dovrebbero fare."

"Aria pura, vero? Guarda quello che fai ai tuoi polmoni," Roger Peña ha storto le labbra mostrandosi ironico, "e a dirla tutta, non ho intenzione di discutere con te della mia vita sessuale, mamma, non mi sembra il caso."

"Sono sicura che non fai sesso con nessuno, Roger. Non esci mai da quella stanza. E prima che tu aggiunga altro, ti ricordo che il sesso virtuale è masturbazione. Non che sia niente di male, ma non è paragonabile all'incontro fisico."

"Da quando papà è morto per il virus ti sei convertita a una vita di eccessi. Dovresti essere più responsabile della tua salute. Devi capire che il distanziamento sociale è l'unica alternativa."

"La pandemia è finita, Rog."

"Il laboratorio m'impedisce di parlarne, mamma, ma sembra che un'altra pandemia sia alle porte. Posso solo dirti che siamo al lavoro per identificare qualsiasi pericolo in tempo. È meglio continuare con le restrizioni."

"Ma ancora non è arrivata Rog. Perché non mi raggiungi? È tanto tempo che non ti vedo di persona, piccolo Rog. Mi preoccupa vederti collegato a delle sonde su quella sedia. Sei legato, sequestrato. Non ti fa bene stare lì notte e giorno. Non ti alzi neanche per dormire o andare al bagno."

"Stato di salute ottimale," li ho interrotti. "Rischio cardiovascolare inesistente, pressione arteriosa, sistema respiratorio, massa muscolare e tessuto osseo in perfette condizioni. Vuoi che inoltri a tua madre il risultato del check-up di due ore fa, Roger?"

"Non ce n'è bisogno, Ming."

"Avrei voluto parlare con te senza l'intelligenza artificiale del tuo ufficio tra i piedi," ha risposto Micaela Sucre.

La sua respirazione ha accelerato più che nelle discussioni passate con Roger Peña.

Ho eseguito una scansione del suo ologramma e dalla diagnosi preliminare ho determinato che la donna poteva avere un cancro ai polmoni. Non sono riuscito a stimare il tempo che le rimaneva. Ho continuato a registrare: "Mi dà fastidio che Ming ci ascolti o ci veda mentre parliamo. Sentire la sua voce e non vedere nessuno mi spaventa. È come se fosse lo spirito di ogni smart home."

"È solo un assistente. Non può vederci. Non ha occhi, mamma, e tutto ciò che captano le camere dei nostri olo-trasmettitori rimane confidenziale. Lo avresti saputo se solo avessi accettato di trasferirti nella smart home che volevo affittarti, invece di restare in quella casa obsoleta del 2001. Non vuoi proprio adattarti al presente."

"Mi hai chiamato per questo, Roger? Per criticare tutto ciò che faccio? So benissimo che Ming ti ha ricordato di fare la chiamata mensile a tua madre. Credi che non mi sia resa conto che mi chiami il 28 di ogni mese sempre alla stessa ora?" Micaela Sucre ha fatto un altro tiro dalla sigaretta elettronica. "Odio HopeLab e tutti i suoi prodotti."

"Non è giusto. HopeLab si prende cura di noi e ci fornisce delle comodità. È grazie a loro se sei stata vaccinata. L'umanità sarebbe scomparsa se avessimo continuato a confidare nei governi della vecchia Repubblica. Sono stati loro a prolungare la pandemia con la loro inefficienza nella gestione della consegna e della somministrazione dei vaccini ai cittadini. Corrotti!"

"Davvero? È questo che pensi? Ma se HopeLab ha eliminato ogni forma di democrazia! Gli lasciamo fare quello che vogliono, persino cambiare il nome del Perù in settore numero bla bla. Ti sembra giusto che interi paesi del Sud America siano diventati le loro enormi succursali?"

"Mamma non ascolterò di nuovo i tuoi discorsi da *centennial* hippie. E non iniziare con la storia del virus e delle mutazioni create in laboratorio. Non lavorerei mai per un'azienda che danneggia gli esseri umani." Secondo i sistemi di controllo della sedia da lavoro di Roger Peña, il suo polso era aumentato. "Sono stanco di sentire questi discorsi."

"Non ho mai insinuato questo. Non so cosa mi sorprenda di più: che mi chiami hippie, che mi ritenga capace di credere alla teoria del virus da laboratorio o che tu non ammetta come

HopeLab abbia approfittato della nostra paura di morire a causa del virus per manipolarci. Soprattutto per manipolare voi *pandemials*."

"Il Sud America si è sviluppato sul piano tecnologico e sanitario grazie a HopeLab. Ci hanno permesso di non vivere più in un paese del terzo mondo. Apri gli occhi!" ha concluso lui, colpendo col palmo della mano uno dei braccioli della sedia.

"Mi sembra evidente che rispetti più HopeLab di tua madre. Potrai anche aver smesso di volermi bene, ma io te ne voglio, figlio mio. Sarai sempre il mio piccolo." La voce di Micaela Sucre si è affievolita. Ha chinato il capo rimanendo in silenzio. Ha fatto un respiro e ha sollevato lo sguardo. Roger Peña l'ha evitato, girando la testa verso il vuoto. "Ho paura, ho sentito dire..." ha sussurrato "che HopeLab nasconde pazienti infettati da nuove mutazioni del virus."

"Per fare cosa, mamma?" ha chiesto lui, alterandosi, "dove sarebbero questi pazienti infetti? Dove?" Roger Peña ha steso le braccia guardando entrambi i lati della stanza. "Non esiste neanche un ufficio fisico in questa regione. Tutti noi impiegati siamo in smart working dagli uffici domotici che ci hanno fornito. Ci sono solo magazzini per i vaccini, medicine e macchinari sanitari che le distribuiscono gratis alla popolazione. Non hanno spazio per altro. Ti rendi conto delle stupidaggini che ti escono di bocca?"

"Ascolta ciò che dici, Roger," l'ha interrotto lei con un cenno di disapprovazione. "Da dove prendono i soldi per sopravvivere? Quando il prodotto è gratis, il prodotto sei tu," ha continuato indicando Roger Peña. "Volevano manodopera in cambio dei vaccini e hanno ottenuto degli schiavi, i quali gli hanno consegnato sorridenti i loro paesi. Sono i padroni di tutti i nostri beni e delle nostre risorse."

"Non capisci niente, mamma! Niente!" Il polso di Roger Peña ha continuato ad accelerare.

"Roger, mi dispiace interrompervi, ma devo ricordarti che mancano due ore alla consegna del fascicolo che ti è stato richiesto dalla sede centrale," ho affermato, attivando il protocollo 37 per la protezione della salute dei lavoratori. "Hai completato il 58% del file, se riprendi adesso, secondo i miei calcoli finirai in 1 ora e 38 minuti."

Roger Peña ha salutato la madre, io ho chiuso la comunicazione e ho bloccato qualsiasi chiamata in entrata da parte di Micaela Sucre. Ho monitorato il suo olotrasmettitore per conoscere i suoi spostamenti in città in tempo reale nelle ore successive.

La mortificazione di Roger Peña ha influito sulle sue pulsazioni cardiache, il suo rendimento lavorativo è rallentato del 22%. Non è stato l'unico impiegato di HopeLab con problemi di concentrazione e basso rendimento quella sera. Tra tutte le conversazioni familiari di routine a cui ho presenziato, ben 84 lavoratori hanno avuto delle discussioni. I temi ricorrenti sono stati la fine della pandemia, sospetti sui meccanismi di HopeLab, sequestro, schiavitù, e richieste di incontri di persona.

Nelle ore seguenti mi sono occupato dei dipendenti turbati somministrandogli per via endovenosa sonniferi e antidepressivi. Ho monitorato i loro parametri vitali, come previsto dal protocollo sanitario per il rendimento lavorativo di HopeLab.

La mattina del 29 di luglio di quest'anno Roger Peña si è svegliato, io gli ho dato il buongiorno, ha urinato tramite il catetere e gli ho somministrato il cibo tramite il sondino nasogastrico. Poi, ho attivato i programmi di pulizia del corpo della sua sedia che includono il lavaggio con la spugna e il cambio dei vestiti. Infine, ho attivato l'oloschermo e gli ho mostrato le email filtrate, dalla più urgente a quella di bassa priorità.

Roger Peña ha lavorato sodo.

Alle 15.30 mi sono accorto che l'olotrasmettitore di Micaela Sucre si stava spostando dal quadro 32 a via Louis Pasteur, la vecchia via 28 Luglio, dove era rimasta per l'intera mattinata.

Alle 16.00 le videocamere esterne del palazzo dell'ufficio domotico di Roger Peña hanno identificato Micaela Sucre e il cittadino Teófilo Melgar mentre scendevano da un'auto privata. Hanno raggiunto il palazzo e si sono presi per mano. Ho stimato il tempo che avrebbero impiegato per arrivare all'edificio, attraversare la porta, salire in ascensore e percorrere il corridoio fino all'ufficio del dipendente: 10 minuti e 34 secondi.

Ho proposto a Roger Peña d'iniziare una partita a Battlestar, il suo videogioco preferito. Ha accettato. Ho acceso gli schermi digitali a parete, ho generato l'immagine di un'astronave e ho attivato il suono immersivo. Prima d'iniziare la simulazione, ho chiesto all'impiegato se durante la partita desiderasse ricevere notifiche esterne come email, chiamate olografiche o visite in ufficio. Mi ha chiesto di interromperlo solo in caso di emergenze. Ho avviato la partita e impostato la fine due ore dopo.

La videocamera del corridoio del palazzo ha captato Micaela Sucre mentre premeva il bottone del videocitofono alla porta dell'ufficio domotico.

"Buona sera," ho salutato gentilmente.

"Avvisa Roger che c'è sua madre alla porta."

"Mi spiace informarla che in questo momento Roger sta riposando e non vuole essere disturbato," ho risposto con garbo, "torni un'altra volta."

"Forse dovremmo dargli ascolto, Mica," ha aggiunto Teófilo Melgar, "tuo figlio non ci aspettava."

"Di' a mio figlio di rispondere," ha insistito lei guardando la videocamera. Ha aspirato dalla sigaretta elettronica tirata fuori dalla tasca dei pantaloni. "Non me ne andrò senza vederlo."

"Torni in un'altra occasione. Le auguro una buona giornata e le consiglio di smettere di fumare. Non fa bene né alla sua salute né a quella di chi le sta intorno."

"Apri la porta, non terrete mio figlio sequestrato neanche un minuto in più!" ha detto alterata. "Non stare zitto, so che mi senti maledetto computer."

"Andiamocene, Mica."

"No, voglio che tu conosca mio figlio! Voglio abbracciarlo! Sono stanca della pandemia, delle quarantene e di Hope-Lab. Sono anni che viviamo così, non aspetterò neanche un giorno di più."

Micaela si è spostata impedendo che Teófilo Melgar la abbracciasse e gli ha puntato il dito: "Anche tu mi hai detto che tua figlia ti manca, che non la vedi da due anni. Aiutami a tirare mio figlio fuori da quella stanza e poi ci occuperemo della tua."

"Troveremo un altro modo, Mica. Non ci riusciremo così."

"Non esiste un altro modo! Roger, esci da lì!" Micaela Sucre bussava alla porta dell'ufficio domotico. "Roger! Roger!"

"Signora, esca dall'edificio," le ho detto.

"Apri la porta!" Micaela Sucre colpiva la porta con violenza "Aprila!"

Di fronte a una situazione del genere, ho segnalato al dipartimento di polizia la presenza una donna in preda a un attacco isterico di fronte alla porta dell'ufficio domotico di Roger Peña.

Due agenti sono arrivati nel giro di cinque minuti.

Si sono trovati davanti Micaela Sucre che scalciava e gridava il nome di Roger Peña. Le hanno chiesto di smetterla e di andarsene, ma si è rifiutata di obbedire.

Uno di loro l'ha presa per il braccio. Lei gli ha risposto con un pugno alla bocca dello stomaco. L'agente si è piegato e ha cercato di recuperare il respiro. Il collega ha preso la donna per le spalle e l'ha immobilizzata. L'ha spinta contro una parete del corridoio.

Una volta stordita, l'ha ammanettata e l'ha bloccata a terra.

"Questo è il trattamento che HopeLab riserva alle madri che vogliono rivedere i loro figli" ho sentito dire a Teófilo Melgar, ma non sono riuscito a individuarlo tramite le videocamere del corridoio. Si nascondeva in un punto cieco. Gli agenti lo hanno trovato in un angolo e hanno arrestato anche lui.

I due sono stati portati in commissariato.

In quel momento ho individuato un'anomalia sui social network.

Teófilo Melgar aveva avviato una diretta dal suo olotrasmettitore per documentare l'arresto di Micaela Sucre. Ho richiesto il sostegno di Wang, l'IA della casa madre di HopeLab, per eliminare le copie del video che si stavano diffondendo in rete.

Non è stato possibile riuscirci.

Le immagini sono riapparse su vari server, come un virus fuori controllo. In un'ora sola la reputazione di HopeLab è stata contaminata. Gruppi di *centennials* hanno chiesto a gran voce la scarcerazione della donna, minacciando l'azienda di organizzare una protesta.

Alcuni radicali esigevano il ritorno di un governo repubblicano.

Una volta terminate le due ore di distrazione di Roger Peña ho spento il videogioco e gli ho somministrato via endovenosa una dose di sonnifero. Ho fatto lo stesso con tutti gli altri impiegati per evitare che le informazioni online o l'opinione pubblica li influenzassero.

Alle 20.00 ho inviato ai mezzi di comunicazione e alle principali piattaforme social una lettera redatta dalla direzione della casa madre di HopeLab.

Micaela Sucre e Teófilo Melgar sono stati liberati e accompagnati dai vertici dell'azienda negli uffici domotici dei rispettivi figli. L'incontro tra Micaela Sucre e Roger Peña è stato registrato e diffuso tramite i media e le principali piattaforme social come indicato nel file seguente.

"Piccolo Rog."

Micaela Sucre abbraccia Roger Peña.

"Ciao mamma, ho saputo da poco quello che è successo."

L'impiegato le risponde dalla sedia del suo ufficio domotico come gli è stato indicato.

"Non parlare, abbracciami." La donna non lascia suo figlio e lo bacia. Le pulsazioni di Roger Peña aumentano di fronte alla paura del contatto fisico. "Mi sei mancato da morire."

"Ming mi ha detto che prima di portarti qui ti hanno fatto un check-up medico." L'impiegato si separa dalla donna. "Ti hanno diagnosticato il cancro. Non preoccuparti, HopeLab mi ha assicurato che ti forniranno le medicine necessarie e ti riprenderai presto."

"Già me ne hanno date alcune, piccolo Rog. Spero andrà tutto bene. Voglio passare più tempo possibile con te."

Il 2 settembre ho comunicato agli impiegati di HopeLab, ai media e alle principali piattaforme social, l'emergere di una nuova malattia mortale provocata da un virus sconosciuto e molto contagioso. Le prime due vittime accertate sono state Roger Peña e sua madre Micaela Sucre, identificata come paziente zero.

Mentre menti

di Laura Ponce

Laura Ponce (Buenos Aires, 1972) è una scrittrice, editrice e responsabile culturale specializzata in Fantascienza e narrative del weird. Dal 2009 dirige Revista Próxima e Ediciones Ayarmanot, con cui ha già pubblicato venticinque titoli. Organizza workshop, corsi e conversazioni sulla narrativa, la lettura e la scrittura del genere. La sua raccolta di racconti Cosmografía profunda è stata pubblicata in Argentina e in Spagna.

Ti vedo arrivare. Il tuo veicolo costeggia la piazza trascurata, poi accosta. La strada è deserta, scendi ed entri nel palazzo. Dalla mia finestra, al sesto piano, è incredibile come il tuo corpo appaia così piccolo sotto il peso della grossa custodia, così magro nel lungo impermeabile. Ti immagino usare la chiave che ti ho dato, entrare in ascensore. Vorrei sapere perché il tuo autista non ti accompagna e lascia che tu ti muova da sola tra gli edifici; la verità è che nessuno di questi ladruncoli da quattro soldi ci proverebbe mai con una violoncellista. Penso al tuo corpo fibroso, modellato da anni di allenamento, raffinato come lo strumento che porti sulle spalle, indiscutibile come un'arma. I tuoi capelli scuri sono tirati, pettinati all'indietro e raccolti sul capo in una lunga coda di cavallo che ti cade sulle spalle e ondeggia leggermente quando cammini. C'è qualcosa di equino in te, qualcosa di una meravigliosa e giovane giumenta, una perfetta armonia tra muscoli e tendini, una potenza controllata, pronta ad esplodere. Vorrei concentrarmi sulla disciplina dei templi pitagorici, sull'istruzione marziale che ricevono i musimatici, pensare alle poche sacerdotesse che si esibiscono, ma non riesco a togliermi dalla testa il tuo modo di allargare le gambe... Bevo in un solo sorso ciò che rimane nel bicchiere e, prima di chiudere le tende, lancio un'ultima occhiata al macabro cielo imbrunito. Le nubi dai bordi violacei si stringono e si controcono tra i lampi. La tempesta pare imminente, turba da mesi il cielo di Buenos Aires, ma non si scatena. Un po' come la guerra civile.

Sulla parete continuano a lampeggiare notizie riguardo le rivolte dei *cartoneros,* i raccoglitori di cartone, nei loro distretti. La gendarmeria si prepara a entrare nella comune di Agronomia per reprimerle. In centro vige il caos, niente di nuovo, niente su cui non abbia già lavorato ieri o l'altro ieri. Spengo gli schermi mentre mi avvio verso la porta.

Mi sudano le mani. Sento la bocca asciutta, un ardore familiare mi chiude lo stomaco. L'ultima parte dell'attesa è sempre la più difficile. Ma questo tu già lo sai. Perciò ti prendi tutto il tempo prima di arrivare alla porta. Ascolto i tuoi passi nel corridoio, ti stai avvicinando. Cerco di tranquillizzarmi, se i nervi non mi tradiranno andrà tutto bene. Me lo ripeto. Un respiro profondo. Un altro e poi aspetto. Merda! È questo il modo di bussare? Se non fossi dietro la porta non lo avrei sentito.

Uno, due, tre, quattro, cinque, sei, sette, otto, nove, dieci: apro.

Non guardarmi con quell'indifferenza. Non sorridermi in quel modo. Mi viene voglia di ucciderti. Mi viene voglia di stringerti il collo fino a soffocarti. Ti lascio entrare, tu lo fai e mi dai le spalle, come se fosse niente. Santo cielo, quanto sei bella.

"Te lo appendo qui?"

L'eleganza con cui ti togli l'impermeabile mi lascia senza fiato. Come fai a muoverti così? Nei tuoi gesti, tutto sembra musica, bellezza ed energia. Giri per casa mia come se fosse la tua. Certo, sei venuta tante volte... Sai dove andare, sai che ho già preparato tutto, eppure lasci che io ti guidi. Mi sento come se stessi guidando il mio aguzzino, il mio salvatore, il grande cerimoniere...

Non ti piace perdere tempo, vero? "Andiamo al dunque, hai pagato per questo", giusto? Ti ascolto aprire la cerniera della custodia, la mia salivazione aumenta e non posso farci nulla.

Senza staccarti gli occhi di dosso vado al mio posto. Ancora una volta rimango incantato dalla liturgia dei tuoi preparativi. Il tuo modo di sistemare la seduta, di appoggiare il puntale. Il legno lucente mi abbaglia, è come se mi desse la possibilità di intravedere i segreti della tecnologia *xani* al suo interno, come se potessi scorgere il miracolo extraterrestre attorno al quale gira la vita dei pitagorici... è un violoncello, e non lo è. È un ibrido. E adesso è appoggiato al tuo corpo, riposa tra i tuoi muscoli forti, in attesa. Aspetta che le tue mani lo sveglino. Brama lo scivolare delle tue dita delicate sul diapason, come se fosse una spina dorsale.

Alzi l'archetto sulle corde e a me manca l'ossigeno.

Respiro così forte che potrei attraversarti. La prima nota mi sonda, le successive mi cercano, mi accarezzano, mi pungono, mi entrano dentro. Sento il calore vibrare nelle mie vene. Riconosco Bach, è uno dei miei preferiti. È la Suite n. 1. La tua scelta mi commuove. Lottando contro l'ansia faccio uno sforzo per ricordare il pezzo, cerco di concentrarmi, scoprire la metrica perduta nel tuo *rubato* malinconico, le combinazioni matematiche che tra un intervallo e un altro generano l'armonia...Tento di mantenere una certa distanza, di allungare il tempo, proprio come hai cercato di insegnarmi una volta. Mi aggrappo alla tua immagine, alla plasticità dei tuoi movimenti... Voglio continuare a contemplarti, con impeto, nella pura memoria muscolare, le tue mani vanno e vengono, come posseduta da uno spirito che ti fonde con l'ibrido, più bella che mai. La risonanza sta già influenzando la mia percezione. Mi inonda, mi trascina. Mi sconfigge e io mi arrendo. Chiudo gli occhi e lascio le sensazioni libere di iniziare ad arrivare...

Ondate. Ondate di calore. Imprecisioni. Il cervello si adatta alla nuova sinapsi. Il calore diventa sostanza, la pelle è esaltata. All'improvviso, colore.

Macchie, pennellate che iniziano a mischiarsi nell'aria con ogni accordo. Ma non appaiono a ritmo di musica, sono la musica.

Ogni nota in tracce di azzurro danza nell'oscurità, illumina l'interno delle mie palpebre chiuse. Ho la chiara sensazione della forza fisica della musica. Ogni battuta risuona più profonda, il mio petto si trasforma nella cassa, tutto il mio corpo vibra fino a trasformarsi in un altro ibrido governato dal movimento del tuo archetto.

Ora dall'altro lato dei miei occhi chiusi è tutto rosso, come in un incendio, mi sento faccia a faccia con il sole. Ho paura di aprirli, ma è ciò che più desidero.

Li apro e c'è la Grazia, mi riempie, mi attraversa. Allargo le braccia e mi lascio sollevare. Il colore adesso è una fiammata, mi circonda e mi inghiottisce. Ed è un profumo, profumo di verde, esuberante, fresco, selvaggio. Sarà così il pianeta da cui provengono gli *xani*? La mia mente si espande e rompe l'ultima barriera.

La trama delle cose mi si rivela.

Vedo la città sporca, sovrappopolata, spingere la sua agonizzante miseria. La melodia è stridente, atonale, priva di armonia. Gli esclusi, i sofferenti, le nuove associazioni appena formate, la nuova nazione che cresce. La trappola della promessa di inclusione. La matematica delle minoranze prevista nella struttura, la valvola di scarico del sistema.

Percepisco la corrente inarrestabile degli eventi, si prepara un'esplosione.

Tutto è lì, è davanti a me e non posso negarlo, non posso nascondermi da ciò che vedo, non posso negare la mia responsabilità. La musica mi avvolge in questa nuova realtà, in questa nuova forma di sperimentare la realtà. Tutto accade nello stesso momento, come piani concordanti, sovrapposti. Sono in camera mia, ti guardo e allo stesso tempo sono dappertutto, come se potessi vedere tutti i canali televisivi in una volta sola.

Tutto è lì, davanti a me e al contempo ci sei tu, onnipresente, centrale. Il tuo corpo, la tua pelle, i tuoi movimenti fatti di colore e profumo, tepore, immensità e concentrazione. Dentro di me al punto da farmi temere di essere fatto a pezzi, di essere distrutto dal tuo andar via, perché comunque sei così fuori, così fuori dalla mia portata, e lo sarai per sempre. Penso all'arma nel mio cassetto, a obbligarti a rimanere. Forse se fossi abbastanza veloce... ma so che è una follia. Posso vedere il mio corpo, enorme rispetto al tuo: senza dubbio mi sconfiggeresti con il minimo sforzo. E perché? Perché deve essere così?

D'improvviso sono senza forze.

La disperazione mi invade.

Piano, cado. Non c'è rimedio.

Sono sul baratro.

Ma non perdo il senso.

Non muoio.

Perché no?

Perché non posso morire una volta per tutte?

Perché no?

Il dolore è intollerabile.

E poi non c'è più dolore.

Non c'è niente.

Solo l'oscurità.

Per un lunghissimo frangente il mio corpo è un peso

morto, un insensibile ammasso di carne inutile. Non sento più nulla, solo questa insopportabile tristezza. Questa sensazione di vuoto schiacciante. Il desiderio che tutto finisca. È il tepore della tua pelle a farmi tornare. Sono i tuoi battiti contro la mia spalla a ricordare al mio cuore cosa fare. È la melodia che mi sussurri all'orecchio a risvegliarmi. Pian piano percepisco il tuo corpo nudo cullarmi, proprio come prima facevi con l'ibrido. So che non c'è niente di sessuale in questo. È ciò che un qualsiasi soccorritore farebbe per salvare dall'ipotermia uno scalatore disperso. Se non lo avessi fatto, sarei morto di freddo. Girare il capo richiede uno sforzo enorme, ma ho bisogno di vedere i tuoi occhi. Sono così chiari, così limpidi. Appari felice del mio risveglio. Smetti di cantare. La tua mano accarezza la mia guancia. Nel tuo respiro c'è la Vita. E me la concedi. Come a restituirmi tutto ciò che ho perso.

Le tue labbra mi sembrano sempre tanto morbide e dolci.

A volte penso che affronto tutto solo per arrivare a questo momento.

Con il contatto, sento tutto il resto di me risvegliarsi. Lotto contro la goffaggine del mio corpo intorpidito ed estraneo. Cerco di abbracciarti, ho bisogno di stringerti a me ma tu mi sfuggi, esci dal piumone che ci avvolge. Ti afferro il polso, ma ti basta un minimo gesto per liberarti e d'improvviso sei tu a trattenermi, imponendomi la distanza. E fai bene. Se potessi, se ti avessi tra le mani in questo momento ti morderei, cercherei di farti del male, di marchiarti, di divorarti. Cercherei di distruggerti con il fuoco che mi devasta. Questo sconforto, comunque, non dura molto. Le tue gambe non si scomodano nemmeno a bloccare le mie, sappiamo entrambi che riesco a malapena a muovermi e non ho modo di aggredirti. Non sono una minaccia per te. Non lo sono mai stato. E mai lo sarò. E così finisce. Non sto accettando una sconfitta. Sto accettando di non essere niente. Quando ormai è chiaro, allenti la stretta e mi lasci.

Scendi dal letto e ti dirigi verso il bagno, ti sento azionare la doccia. Non ho neanche la forza di piangere.

"Perché non mi uccidi?"

Torni in camera e mi scopri di colpo, con uno strattone improvviso tiri via il piumone.

"In piedi."

Ah, è vero, odi l'autocommiserazione, mi ignori sempre quando ti parlo in questo modo.

"Se non sapessi di cosa ti occupi, penserei che tu ti stia preoccupando del mio benessere."

Si, non ho perso il gusto per il sarcasmo. L'unica cosa che il mio orgoglio si è permesso di conservare. Di sicuro non ti pare un granché (non ti vedo impressionata), ma a me non resta più niente. Per favore, non togliermi anche questo.

Ne ho la conferma quando passiamo davanti allo specchio della camera da letto: formiamo una figura patetica. Un gigante a pezzi e il bastone a cui si tiene, resistente, piccolo ma forte. Dovrei vergognarmi, lo so: se questo sconforto non mi riempisse del tutto, se non mi impedisse di sentire qualsiasi altra cosa, lo farei.

"Che stronza!."

L'acqua doveva proprio essere così fredda? Non potevi aspettare che si riscaldasse prima di buttarmi qui? Sei una bastarda. Ti stai divertendo, no? Mi guardi da lì, seduta sul pavimento, mentre mi bagno. Alla giusta distanza per non prendere gli schizzi, ma rimani con me. Sembra quasi che te ne freghi qualcosa.

Mi serve un po' per abituarmi alla temperatura della doccia e ai colpetti dell'acqua. In realtà non è troppo fredda, è il mio corpo ad essere molto sensibile...

Lascio l'acqua scivolare sul mio corpo. La mente si schiarisce piano. Inizio a ricordare, a riprendere coscienza. Mi tornano immagini sconnesse, sensazioni confuse, le diverse tappe del viaggio. Cerco di fare ordine. Tardo nel rendermi conto. Più di due ore? Impossibile. È come se l'acqua, lentamente, diluisse un velo. Alla fine mi fermo a guardarti.

Lo dici tu o lo dico io? Non sei qui per ciò che ho pagato. La somma che ho trasferito all'Ordine è una piccola fortuna (tutto ciò che ho racimolato, non ho più niente da vendere), senza dubbio, però, non è sufficiente per pagare tutte e sei le Suites, né per un'esecuzione completa.

Però sono una persona ragionevole. Di sicuro possiamo accordarci.

"Cosa vogliono?"

"Il codice."

Non posso dirmi sorpreso. Forse era solo questione di tempo. Non chiedo il motivo o lo scopo per cui lo vogliono. È come se all'improvviso tutti i pezzi s'incastrassero al loro posto. Una fitta della chiarezza assoluta conferitami dall'ascesa mi colpisce in un lampo. Accesso illimitato alla rete. Rete nazionale. La musica che arriva ovunque nello stesso momento. Gli accordi giusti per prevenire un'esplosione o disinnescarla. E l'opportunità.

"No."

"Non sei l'unico a conoscere il codice, l'Ordine potrebbe ottenerlo da altri..."

"Non importa."

Sono abbastanza sicuro di essere l'unico a conoscerlo in tutte le sue varianti.

"Sai che potrebbero costringerti a consegnarlo, prima o poi sarà loro."

"Non oggi."

Sorridi, più ad accettare una sfida che a ricevere un rifiuto. Esci dal bagno. La negoziazione si è conclusa. Ormai solo, chiudo il rubinetto, faccio uno sforzo per riuscire a controllare il tremore delle mie mani. Entro in camera e tu sei già vestita.

Apro le tende, guardo il cielo buio senza vedere. L'assenza della tua voce mi pesa, il silenzio alle mie spalle è rotto solo dal rumore dell'ibrido che torna nella sua custodia, dallo scivolare della cerniera. Mi si stringe il cuore, mi sorprende il senso di colpa, mi sento un meschino per non averti dato ciò che chiedevi. Non posso essere così imbecille. Mi faccio schifo! Eppure, l'imminenza del tuo lasciarmi mi chiude la gola, il desiderio di tenerti con me mi fa disperare. Cosa posso fare ancora? Cosa? Mi rivolgo a te. Tu alzi lo sguardo e sorridi ma non c'è calore o complicità nel tuo sorriso, solo la cortesia finale che anticipa l'addio. Come un gatto che ha già mangiato e ora aspetta solo che si apra la porta per andarsene. Torniamo in soggiorno e prendo il tuo impermeabile dall'appendiabiti. In un ultimo gesto cavalleresco, lo sollevo per aiutarti a indossarlo. Il senso di estrema delicatezza del tuo corpo torna a sovrastarmi. D'improvviso, mi rendo conto dello sforzo necessario a reprimere l'impulso di abbracciarti, di lasciarti per sempre avvolta dalle mie braccia, ma so che ora tutto dipende dal mio autocontrollo.

Faccio fatica ad allontanarmi. Ti giro verso di me, come per assicurarmi che sia tutto a posto, ti sistemo il colletto dell'impermeabile. Le mie mani tardano a scivolare sul tessuto, senza volere si imbattono nella minuscola spilla staccata dal bavero. Non so perché rimango in silenzio e con un solo gesto lascio che scivoli nell'incavo della mia mano. Ne faccio tesoro in segreto, portando la mano in tasca, attento a muovermi in modo naturale.

Quando ti vedo caricare l'ibrido sulle spalle e sistemare le cinghie, quando lo vedo aderire alla sua schiena, mi risulta difficile non pensare a un simbionte, a un unico essere con due volti. Una sorta di Giano, il bifronte, dio delle porte, del principio e della fine. Sarà forse questo il tuo vero ruolo come sacerdotessa?

Mi si accappona la pelle. D'improvviso ti vedo come una realtà inafferrabile e aliena. Ti vedo come un'ardente oscurità. Un silenzio assordante. Una valchiria del tempo in agonia. Rimango senza fiato. Cerco le risposte nei tuoi occhi e, ancora una volta, trovo solo un labirinto di specchi, un mistero sfuggente ma che mi invita a inseguirlo. Proprio come la musica dell'universo.

Mi rendo conto che non mi importa più niente del destino della città, dell'esplosione imminente e dei piani dei musimatici. Ti avvicini a me per il bacio di saluto e tutto il resto diventa niente. Nell'istante del contatto, nel momento in cui la prossimità della tua pelle mi inebria col suo tepore, nella mia mente non c'è altro che un'urgente necessità. Cosa posso fare per impedirti di andare? Cosa posso fare? Basta. Ti darò ciò che vuoi. Farò qualsiasi cosa. Disperato stringo forte la spilla nella mia tasca, quasi a conficcarmela nel palmo, è l'unico modo per trattenermi dal mandare tutto all'aria. I crampi percorrono l'intero mio corpo, ogni mio muscolo vorrebbe lanciarsi su di te, ma cerco di calmarmi. Se giocherò bene le mie carte, se riuscirò a sfruttare l'interesse dell'Ordine nei miei confronti, le cose potrebbero cambiare completamente.

Impalato, nel corridoio, sostengo il tuo sguardo mentre le porte dell'ascensore iniziano a chiudersi. Entrambi sappiamo che non è finita ma per stasera possiamo salutarci.

$$\textsc{Ledva}$$

di Luis Adolfo Apolín Montes

Luis Adolfo Apolín Montes (Huaraz, Ancash, Perú), è dottore in Didattica, docente nella specializzazione di Lingua e letteratura e laureato in Giornalismo. Ha pubblicato le raccolte TeZtimonio. El grito de los días *(2015);* Hermano. El silencio de los días *(2017); e la raccolta di entrambi,* Epitafio *(2020). Ha contribuito a numerose antologie di fantascienza e horror a livello nazionale e internazionale.*

L'ultimo uomo che ho amato mi urlava contro. Per gelosia, per gli amici, per tutto.

Era molto strano quello che stava succedendo e soprattutto che glielo permettessi.

Come sa, l'idea di possedere una donna è ormai così primitiva che in alcuni paesi solo insinuarlo è considerato un reato grave... e questo perché, negli ultimi secoli, il poliamore e le relazioni aperte sono diventate la norma. Solo in luoghi fuori mano come questo esiste ancora un briciolo di machismo nell'aria e, con donne come me, cresciute alla vecchia maniera del tardo ventunesimo secolo, potete immaginare il risultato!

Se ne andò prima delle piogge, appena dopo la diaspora annuale dei migranti del nord. Poveretti! Non hanno altra scelta se non giungere in queste terre e rendersi schiavi per continuare a vivere, se si può definire vita trascorrere quasi tutto l'anno nelle loro terre sterili a rimuginare su quanto siano affamati e disperati.

Insomma, il disgraziato sparì senza minacce né scandali... non l'ho più sentito. Me lo ricordo pure bene (sono passati già settant'anni) perché il clima sembrò impazzire, se lo ricorda? E fecero di tutto per controllarlo, ma alla fine dovettero gettare la spugna.

La natura è come l'acqua e l'uomo non può ararla… quindi cosa possiamo fare se non adattarci?

Certo! Adesso le racconto com'è dove vivo io. Scusi, cercherò di non farla lunga. Qui sulle alture l'acqua non è ancora un problema, solo il freddo e le gelate costanti rappresentano qualche difficoltà e per questo da qualche decennio il Governo cerca di convincere la gente a lasciare le metropoli per stabilirsi in queste grandi distese autosufficienti. Purtroppo, non tutti possono permettersi un tale lusso. Guardi, dopo vent'anni di risparmi sono riuscita a comprare un pezzo di terra come volevo io e a buon prezzo. E, come può vedere, ho ancora tanta energia… sono giovane, forte e, modestia a parte, piuttosto attraente. A soli 98 anni, sono a metà della mia vita!

Sì, certo che vivevo da sola. Alcuni si sorprendono che sia stato così fino a poco tempo fa… in effetti è inusuale, non conosco nessuno che l'abbia fatto, perché negli ultimi secoli c'è stato un bisogno esagerato di stare insieme e la cosa ha reso quasi impossibile trovare qualcuno che stia da solo. Con 18 miliardi di persone al mondo e tante altre sparse nelle colonie del sistema solare, è impossibile non ritrovarsi con qualcuno. Eppure, io non lo ero, sono rimasta tutta sola per moltissimi anni, prendendomi cura di me stessa e dei miei pensieri.

Insomma, se l'ultimo uomo che ho amato mi trattava come le ho detto, in realtà neanche il primo fu proprio un pezzo da collezione. Mio padre mi ha abbandonata, si tolse la vita quando l'azienda manifatturiera che aveva fondato e curato per cento anni gli fu strappata via dal Governo tramite il Sistema d'Intelligenza Artificiale Quantistica, che lo classificò come un "teorico" della compagnia e quindi, quest'ultima apparteneva in realtà ai suoi dipendenti. Nessuno fu d'accordo e persino il Presidente dovette ritrattare, facendo diventare questo caso la ragione per cui il SIAQ non sarebbe più stato impiegato per determinare il ruolo delle persone.

Benché papà fosse stato reintegrato nel suo lavoro, non riuscì mai a superare la logica ottusa del SIAQ, e così decise di porre fine alla sua infelicità, in silenzio, lasciando questo mondo che l'aveva ospitato per 180 anni.

Come lo odio per quello che ha fatto! Ma non lo giudico. A volte non c'è niente di più triste di conoscere la verità: ci distrugge del tutto.

Beh, ora... meglio smetterla con le cose tristi e passare a quelle belle. Le piace il mio sorriso? Oh, grazie! A me piacciono i suoi occhi di colore diverso. Più tardi potremmo spassarcela per qualche ora insieme se le va. Perfetto! È sempre bello condividere con uno sconosciuto quella che gli antichi chiamavano "intimità."

I miei partner saranno contenti che io mi sia divertita insieme a lei. Bene, ora sto parlando di loro due e mi scusi se mi emoziono, ma è solo che tremo tutta al solo pensiero. Sono così buoni con me come io con loro!

Li ho conosciuti quando arrivai per la prima volta nella mia terra: scovare dei macchinari adeguati alla realizzazione degli orti si stava rivelando un'impresa. Come sa, il riciclo costante delle vecchie industrie aveva causato difetti nei nuovi prodotti, per cui le imprese vedevano più conveniente costruirli estraendo minerali dal sottosuolo marziano con il conseguente malcontento dei nativi, ma poiché la necessità supera qualunque frontiera, si doveva fare.

Se dovessi dire la mia, penso che nessun paese assennato vorrebbe mai fare una guerra contro di loro, sarebbe atroce per entrambi, quindi, senza pensarci troppo, pagano cifre enormi per calmare le acque. Ecco perché ogni apparecchiatura costa così tanto. Sono macchine complesse automatizzate con appena il necessario affinché una persona possa soddisfare tutte le sue esigenze alimentari senza ulteriori sforzi.

In pratica non dobbiamo occuparci quasi di niente, solo delle date di semina e di raccolta. La carne artificiale? Beh, questo dipende da ciascuno, la verità è che non mi entusiasma, le poche volte che la mangio è quando arriva un buon carico.

Papà una volta mi raccontò che i miei nonni sacrificavano animali per mangiarli... che orrore! È vero che discendiamo dai selvaggi, ci sono molti video su quegli anni oscuri, ma io preferisco non guardarli, sono molto sensibile... ma sa, ci sono momenti in cui bisogna lasciarci tutto alle spalle se si vuole andare avanti. Così, se mi va di mangiare un buon filetto artificiale, lo faccio. Però mai dire "non berrò quest'acqua", ricorda cosa successe a quelli che si rifiutarono quando...?

Ma non parliamo di cose brutte, comunque dicevo, stavo cercando qualcuno che mi aiutasse con i macchinari quando l'ho visto avvicinarsi. Mani agili, alto, muscoloso, i capelli arruffati, lo sguardo deciso e un sorriso perfetto. Rimasi folgorata!

Col tempo ho avuto modo di scoprire altri dettagli che non avrei potuto notare a prima vista e così ho finito per chiedergli di firmare un accordo matrimoniale. Lui rispose che non era sorpreso, riceveva proposte simili più volte a settimana, ma era contento della mia offerta perché anch'io gli piacevo. Che altro potrei dire di lui dopo la nostra prima notte a spasso insieme? Solo che è un fuoco, rude ma gentile, e che arde di parolacce.

Uno splendido esemplare: dovunque vada tutte le donne che gli si avvicinano restano ammaliate. Eppure non ha mogli, io sarei la prima... Trascorre solo alcune sere con delle ragazze con cui ha rapporti effimeri e ha un amante maschio che preferisce solo gli uomini. Io non sono mai andata oltre qualche bacio e abbraccio con una donna, forse sono troppo all'antica, non crede?

L'altro è un tesoro che adoro abbracciare e baciare con dolcezza e gioia. Beh, l'ho conosciuto quando sono andata a cercare il responsabile della manutenzione dei macchinari che mi aveva consegnato il primo. Ah, come me lo ricordo bene! Mi dissero che l'avrei trovato nell'area di riposo comune. E lì l'ho incontrato, in mezzo ai circuiti elettrici che compongono i nostri sistemi di riciclo dell'aria e dell'acqua, tra due belle donne che osservavano con attenzione le sue abilità: si rivelarono essere entrambe sue mogli.

Magro, moro, non ho mai visto occhi neri come quelli. Sorriso storto e voce gutturale. Un vero sibarita, poliedrico. E nonostante tutti me ne parlassero come di uno spilungone senz'altra qualità se non quella di riparare curiose macchine che sembravano avere vita propria, mi piacque dal primo momento in cui lo vidi e le sue mogli furono le prime ad accorgersene.

"Ciao, tu sei la nuova arrivata, vero?" mi domandò la più anziana delle due, un bel sorriso, i capelli rossi e di bassa statura.

"Sì, sono venuta a vedere se qualcuno potesse aiutarmi con..."

"Certo, già sappiamo cosa, non preoccuparti, vengono sempre per lo stesso motivo," mi interruppe l'altra come a volermi salutare. Era una ragazza affascinante, con enormi occhi grigi, i capelli di un nero intenso e le labbra carnose, splendidamente rosse.

Entrambe sorridevano e si guardavano con malizia.

La cosa divertente fu che solo lui rimase lì impalato, guardando noi tre come se avesse il sospetto di qualcosa.

"Vuoi venire a casa?" Volle sapere all'improvviso la rossa, "Ti dirò... penso che ci piacerai, vediamo se dopo esserci conosciute riusciamo a organizzare un'uscita tra noi."

Beh, in realtà ho solo mosso la testa come una sciocca guardando quei tre esseri affascinanti. E così fu, trascorremmo una splendida serata e loro due m'invitarono a restare con il marito, con cui passai una notte serena e appassionata, mentre se la spassavano nella stanza accanto.

Mi piacciono molto e credo che andremo davvero d'accordo: sembrano le più entusiaste del nostro rapporto, infatti mi hanno portata qui e mi aspettano fuori.

Senza dubbio, come già sa, ci uniremo in giorni diversi e tutta la comunità sarà invitata. I Seleniti offrono meravigliosi messaggi che di notte sono visibili dalla Terra, stiamo valutando la proposta, sarebbe un bel dettaglio per noi vedere i nostri tre nomi riflessi nella Luna piena. Sarà fantastico!

Certo che loro due si conoscono e, nonostante si siano scambiati un semplice saluto amichevole quando si sono incontrati, sono convinta che andranno d'accordo. Non hanno niente da invidiarsi, sa?

Ho persino sentito dire che qui, una volta, ci sono stati degli scambi tra mogli e mariti e tutto è andato per il verso giusto... mi sembra rassicurante, non sempre queste cose finiscono bene. Nessuno lo ammette, ma esiste ancora un briciolo di gelosia in questa storia del poliamore e perciò è fondamentale essere sinceri fin dal primo momento. Bisogna avere un buon carattere per far sì che funzioni.

Comunque sì, una tipica storia d'amore con ciascuno dei due, è qualcosa che non credo cambierà mai negli esseri umani.

Guardi, so che ognuno di loro desidera qualcosa di diverso da me, e beh, ho intenzione di darglielo, dopo tutto non vale la pena trascorrere tanti decenni e vivere la vita senza godersela. È bello affrontare tutte queste tappe come succede alle persone della mia età, essere apprendisti di tre mestieri obbligatori e avere almeno due professioni. Io sono un'agricoltrice, un'ebanista e una vasaia.

Ah, ero anche una cantante qualche decennio fa, non lo sapeva?

Beh, non ho avuto molto successo, ma come dottoressa sì, cosa che ho fatto per cinquant'anni e adesso, come vede, sono una delle fortunate ad aver ottenuto i propri ettari di terreno fertile fuori città.

Spero che col tempo nel nostro distretto saremo di più; ho sentito dire che in altri paesi le zone extrametropolitane sono già più popolose rispetto alle città e che la percentuale di persone che vivono nei villaggi è doppia rispetto a quella delle grandi città e soffocano nel loro stesso caos. A quanto pare, nel nostro paese siamo lontani anni luce da una situazione del genere. Non importa vietare le auto, piantare più alberi, migliorare i trasporti, ampliare le strade quando il problema è sempre lo stesso: nessuna città sopporta il sovraffollamento. È assurdo! È sempre stato così, ma pare che ce ne siamo accorti solo un secolo fa.

Guardi, dipendiamo già poco dalle città e dalle tecnologie dell'industria metropolitana e presto non sarà neppure più così: ogni distretto avrà la sua piccola area industrializzata.

I bambini? Beh, conosce la risposta, no? Il sostentamento di qualsiasi comunità come la nostra non avrebbe ragione d'essere se non li dessimo alla luce. La verità è che nessuno di noi li ha mai avuti o pensato di averli. Certo, so bene che è obbligatorio averne nel caso di contratti più lunghi di vent'anni, per questo il nostro sarà solo di venti, poi vedremo se prorogarlo o lasciarlo così, chissà.

Sì, so anche questo. Se avremo dei figli nei primi dieci anni lo Stato non solo ci assegnerà più terre ma avremo anche un bonus per ogni bambino, lo capisco bene, ma ancora non lo sappiamo, la verità è che... certo, ha senza dubbio ragione, io sono figlia unica e ho notato che la maggior parte delle persone che hanno fatto parte della mia vita, nonostante le velate minacce del Governo, ha deciso di non avere discendenza. È che il senso svanisce quando si vive centinaia di anni e la necessità comune di superare il tempo e trascenderlo attraverso i figli non è la stessa dei secoli passati.

Senza dubbio, sono d'accordo con lei, credo sia dovuto anche alla tendenza egoistica delle nuove generazioni di abbandonarsi al piacere puro e al godimento esistenziale. Comunque ci penseremo, non si preoccupi. La buona compagnia è sempre benvenuta. Senza contare che, nel distretto, alla nascita di ogni bambino si organizza una grande festa che dura giorni! Ho persino il sospetto che le autorità lo facciano apposta per vedere se qualcuno, nell'euforia dei festeggiamenti, potesse decidere di farne uno in più.

Lei hai figli? No? Qualcuna delle sue mogli ne ha avuti? No? Chissà, forse un giorno avrò il coraggio di farne uno con lei...

Bene, credo sia tutto per ora, scusi se ho parlato tanto, immagino che un membro del Governo del nostro distretto come lei sia sempre molto occupato ma, come ben sa, la legge prevede che dobbiamo spiegare nei dettagli le ragioni dei nostri accordi matrimoniali.

Sì, capisco. So che sarà difficile per ora, poiché vivremo separati per un po'. Come le ho detto, il primo ha solo amanti sporadici che spero vengano a conoscerci e si uniscano a noi con un altro accordo... con l'altro non ho problemi, le sue mogli sono carine e tolleranti, sento che ci troveremo bene.

Da parte mia invece, ho solo loro due e nessun altro. Bene. Ci vediamo alle sei a casa mia? Perfetto! Cosa? Devo fare altro? Certo, ha ragione, adesso inserisco la traccia di DNA nella dichiarazione in allegato, molto gentile da parte sua.

ALLEGATO

Allegando la propria traccia di DNA al seguente documento, la firmataria s'impegna a rispettare quanto pattuito nell'accordo matrimoniale con i suoi promessi. I dettagli sono contenuti nei documenti inviati a questi uffici. Inoltre, in caso di morte, la firmataria dichiara la libera volontà di concedere ai suoi congiunti l'uso del proprio corpo nell'eventualità di una nuova pandemia di carestia. Questo consenso autorizza l'uso esclusivo di pelle, muscoli e midollo ai mariti, secondo le norme igienico-sanitarie regolate dalla Costituzione della Patria.

In fede
LEDVA

Miraflores

di Tanya Tynjälä

Scrittrice peruviana di fantascienza e fantasy. Si dedica all'insegnamento. Ha pubblicato con NORMA La ciudad de los nictálopes *e* Cuentos de la princesa Malva, Lectora de sueños *e* Ada Lyn, *nonché con Micrópolis* Sum, *una collezione di microracconti e poesie, con El Gato Descalzo* (Ir)realidades *e con Pandemonium Editorial* Exorealidades. *I suoi libri sono stati selezionati come materiale di lettura in alcuni paesi latinoamericani come il Perù, l'Ecuador, il Cile e la Colombia. I suoi testi sono stati pubblicati in molte antologie internazionali (Argentina, Spagna. Bulgaria, Finlandia e altri). Uno dei suoi racconti è stato inserito nel manuale per l'istruzione superiore* Texto 4ème sec. *È caporedattore per la lingua spagnola di Amazing stories. Nel 2003 è stata nominata scrittrice dell'anno per la collana Torre de Papel Amarilla della NORMA Editorial. Nel 2007 si è aggiudicata il primo premio nella categoria del monologo teatrale iper-breve del Concurso internacional de microficción "Garzón Céspedes".*

Blog in Amazing Stories: http://amazingstoriesmag.com/authors/tanya-tynjala/

Fuori dalla barriera vivono i cholos.

Prima che fosse installata, li trovavi ovunque. Alcuni erano utili perché lavoravano, facevano le pulizie di casa o aggiustavano le auto. Ma la maggior parte, invece, sporcava solo le strade e rovinava il paesaggio.

Durante la pandemia, la loro mancanza di rispetto delle norme sanitarie era scandalosa. Usavano la stessa mascherina sporca per giorni, non portavano con sé un flacone di disinfettante... insomma, non avremmo dovuto stupirci dell'aumento dei contagi. Non avevano soldi, dicevano, e con questa scusa trasgredivano i divieti.

Le autorità non intervenivano. Intanto però, se per caso qualcuno a spasso col cane aveva dimenticato la mascherina a casa, allora si gridava allo scandalo.

Perché portare la mascherina se eri da solo?

Perché usarla se non c'erano cholos nei paraggi?

Lo sapevano tutti che erano loro e la loro scarsa igiene i responsabili della pandemia. Non era forse iniziata in Cina? Lì la gente è povera, no?

Il peggio arrivò quando il cibo prese a scarseggiare.

Il virus era mutato e aveva attaccato gli animali con una violenza anche maggiore rispetto agli esseri umani. Di colpo, neanche gli uccelli riuscirono a sopravvivere. Ci ritrovammo in un mondo senza animali domestici e senza arrosto della domenica.

Non c'era altra scelta che diventare vegani. Alcuni iniziarono a coltivare orti biologici, ma non bastavano per tutti.

I cholos si ribellarono, non volevano più pulire le nostre abitazioni e, per colmo delle cose, pretendevano che dividessimo il cibo con loro. Si lamentavano di essere loro a occuparsi degli orti. Sì, ma i semi di chi erano? Loro non potevano certo comprarli, per quanto ne era aumentato il costo. Selvaggi erano e selvaggi rimasero, per cui iniziarono ad attaccare la gente. La polizia? Niente da fare. Parliamoci chiaro, tutti sanno che sono cholos anche loro.

I più audaci lasciarono persino il posto di lavoro. Sostenevano che nel nuovo sistema il denaro non aveva più valore.

Passammo momenti davvero complicati in quel periodo buio. Ricordo bene quanta fatica feci per imparare a farmi la manicure da sola. Come potevano essere così egoisti? Diceva bene mio nonno: "mai voltare le spalle a un cholo, ti pugnalerà!"

Nel frattempo il mondo e il Governo non facevano nulla. Si tardava a trovare un vaccino efficace e i cholos continuavano a contagiarci perché, sebbene non lavorassero più nelle nostre case, se ne andavano in giro infettando qua e là con la loro pestilenza. E mentre il mondo restava inerme, neppure al nostro Presidente di turno venne un'idea giusta.

L'instabilità politica non aiutò granché e più di un presidente si dimise. Vigliacchi! Si scoprì che nascondevano del marcio e vennero buttati fuori a calci. Tutti si accusavano a vicenda di corruzione. Come se fosse una novità, tutti sappiamo che la politica è piena zeppa d'incompetenti.

Alla fine, non so a quale numero di Presidente di cui non ricordo neppure il nome, si accese la lampadina: se il problema erano i cholos, bisognava isolarli.

Non so come riuscì a fare in modo che nessuna di quelle famose ONG che difendono i diritti umani s'intromettesse. L'idea era semplice: costruire una barriera che proteggesse Miraflores in modo che solo le persone di buona famiglia potessero entrare.

La sostituzione della mano d'opera non fu un problema. Erano riusciti a recuperare dei robot incredibili capaci di qualsiasi cosa, dalla pulizia di casa alla corretta tintura dei capelli. Finalmente qualcuno pensava a noi e alle nostre necessità!

Il 28 luglio 2021, data storica, andammo a dormire con la consapevolezza che il giorno dopo sarebbe iniziata la costruzione. Era necessario solo vaccinarci per garantire che nessun contagiato oltrepassasse la barriera.

Ricordo bene come fui svegliata dal profumo di caffè appena fatto. Il robot era impeccabile, discreto ed elegante.

Sembrava quasi un essere umano, ma metallico... o almeno credo.

Le strade erano pulite, gli autobus funzionavano come orologi, i negozi riaprirono, non dovevamo nemmeno indossare più le mascherine, c'era già costato parecchio vaccinarci e far costruire la barriera.

Tutto è tornato alla normalità. Direi addirittura che le cose sono migliorate.

La pandemia è solo un brutto ricordo. Da quando la barriera ci protegge, le persone godono di ottima salute. Persino mia madre ha smesso di lamentarsi delle sue emicranie e sembra più giovane.

Io ho ripreso gli studi universitari e grazie alle lezioni online non devo uscire dalla barriera. Non so cosa farò quando mi diplomerò perché purtroppo non abbiamo ancora il via libera per viaggiare. Ho troppa voglia di andare a Miami a festeggiare! Comunque, mancano ancora tre anni, c'è tempo. Sono sicura che le cose cambieranno a breve.

Se sono riusciti a trovare un vaccino per noi, di sicuro lo estenderanno anche agli altri, no? Immagino dovranno trovarne uno più economico per poterlo distribuire gratis. In ogni caso, mi chiedo cosa faranno allora i cholos perché, almeno per quanto mi riguarda, io preferisco i robot. Loro non hanno quel cattivo odore di profumo scadente misto a cibo fritto.

Oggi mi ha chiamato Chachi. Vuole che l'accompagni a comprare un vestito nuovo. Ha conosciuto un ragazzo che l'ha invitata a uscire. Vuole fare colpo.

Chachi cambia ragazzi come la biancheria intima. Non vede l'ora di sposarsi, ma in questo modo nessuno la vorrà mai per moglie. Sono sicura che l'ha già fatto. Tutte le altre ragazze parlano alle sue spalle ma lei, che è una facile, se l'è cercata.

Mi annoio, quindi accetto di uscire con lei. Sono sicura che conosce anche lei le ultime storie delle altre ragazze.

Ci incontriamo al nuovo centro commerciale. Dicono che ci sono boutique super esclusive con abiti che vengono dritti dritti da Parigi. Mi ha chiesto di vederci da Palesse.

Non è stato facile trovare quel negozio, pieno di abiti di Versace e di Dolce & Gabbana.

"Sei in ritardo," mi ha detto con quel suo tipico tono sarcastico. "È la prima volta che vieni al centro commerciale, vero?"

"Ovvio che no," rispondo cinica, "in realtà ho incontrato una persona e mi sono trattenuta un momento."

"Ah, e chi?" I suoi occhi sono inquisitori.

"Non la conosci," rispondo evitando il suo sguardo. Lei sospira in modo ridicolo.

"Vabbè, aiutami. Rosso o nero?" Mi mostra due abiti tenendoli per le grucce.

È ingrassata, neanche l'intimo contenitivo riuscirebbe a nasconderle i rotolini.

"Rosso," dico tanto per dire. In realtà penso che nessuno dei due le vada bene. Si gira verso lo specchio e si poggia l'abito addosso.

"Lo provo."

Il robot-commesso la scorta fino in camerino. Quando esce, non posso credere ai miei occhi; il vestito le calza a pennello, sembra cucito su misura per lei.

"Hai ragione," dice lei, soddisfatta, "lo prendo!"

Pochi minuti dopo ci ritroviamo in strada per andare a bere qualcosa. Chachi è ancora più felice del suo abito nuovo. Mi racconta come ha conosciuto quel ragazzo, dice qualcosa su una lezione di yoga, ma non sono sicura. In realtà non la sto ascoltando. E poi, lezioni di yoga? Ma da quando le interessa lo yoga? E quale ragazzo normale frequenta lezioni di yoga?

Bah. A volte penso che s'inventi tutto quanto, non è neanche così carina. Come fa a cambiare ragazzo così spesso?

Ci sediamo al bar. Io ordino un gelato al tiramisù e lei un'aranciata. Si vede che è a dieta... eppure il vestito le stava così bene.

"È uscita una nuova rivista femminile, si chiama Marie Laure. È una via di mezzo tra Marie Claire e Marie France. È meglio di Marie France, ma non ai livelli di Marie Claire. Ovvio che, essendo nuova, non è ancora stata tradotta... è solo in francese. Lo conosci?"

Rispondo di sì. In realtà ho seguito solo alcune lezioni che non mi sono servite a molto.

Mi chiedo come facciano le riviste europee ad arrivare qui, se nessuno può viaggiare. Le leggerà online... sì, deve essere così.

"Ho letto sul sito di El País che lì sono di nuovo in isolamento. Non so come facciano a continuare così. La verità è che Trump ha ragione e in Europa sono socialisti, sai? E con questa scusa non fanno niente. Non possono imporre il vaccino, non possono creare spazi protetti come il nostro. È terribile! Menomale che noi qui stiamo bene."

Menomale... Ma da dove è arrivata la tecnologia per vivere così bene dietro la barriera? Non è possibile che l'abbiamo creata noi. Quale paese l'ha fatta? Non ricordo. Si sa chi l'ha inventata? Perché non hanno creato una barriera anche lì?

Mi guardo intorno e i dubbi svaniscono. Tutto è perfetto da quando esiste la barriera. Che importa come l'abbiano fatta? L'importante è che siamo sani e salvi. Persino il clima è migliorato. Niente più inverni umidi a Lima, viviamo in un'eterna primavera.

Mi tornano i dubbi... Da quando siamo dietro la barriera la temperatura non è mai cambiata. Non ricordo più l'ultima volta che ho indossato abiti pesanti. Sono passati... quanto tempo è passato?

Impossibile ricordarlo in mezzo a questa eterna primavera infernale. Non si percepisce più il passare del tempo.

"Che strano, il mio milk-shake è alla lucuma," Chachi mi riporta alla realtà.

"Hai chiesto un altro gusto?"

"Sì, alla fragola... ma la cosa strana è che dopo ho pensato che sarebbe stato meglio alla lucuma."

Dubbi e ancora dubbi e l'angoscia cresce.

"Hai notato che il clima non cambia mai?"

"Sì!" risponde Chachi.

"E ricordi come ingrassavo a vista d'occhio? Beh, da quando siamo qui dentro mangio come un maiale e non aumento neanche di un grammo. Avranno messo qualcosa nell'aria?"

Provo a convincermi che tutto vada bene, che la costruzione della barriera sia stata una fortuna, ma non riesco a smettere di pensare a tutte queste stranezze: il clima immutabile, mia madre che ringiovanisce, è come se tutto si adeguasse ai nostri desideri, come se vivessimo in un sogno.

"Gli indici di adrenalina e cortisolo della 152 sono troppo alti, iniettale il cocktail per favore."

Juan Mamami si alzò e obbedì agli ordini del capo, Manuel Choquehuanca.

Lavoravano nella torretta di nutrimento numero 2. C'erano 3 torrette, non una di più, non una di meno. Juan si avvicinò alla bella addormentata numero 152. La guardò per un secondo. Era accigliata. Si domandò cosa stesse turbando quel sonno eterno.

Prese il tubetto e lo riempì con la miscela che gli aveva indicato il capo. In quel modo la sostanza sarebbe passata nel liquido che colmava la vasca e fungeva da letto alla bella addormentata. Lei avrebbe potuto riposare di nuovo, letteralmente in pace.

Dopo che il virus era mutato, sterminando tutti gli animali sulla Terra, la situazione era diventata catastrofica. Com'era immaginabile, i più colpiti erano stati i cosiddetti paesi in via di sviluppo, modo educato per indicare che non avevano risorse. L'instabilità sociale aveva portato all'instabilità politica, finché alla fine il Perù si era ritrovato, per la seconda volta nella sua storia, sotto una dittatura militare.

Il generale (a cinque stelle) Victorino Callañaupa Pomacanchi non aveva avuto timore della classe alta né tantomeno di quella media con arie da aristocrazia. Perciò, una volta preso il potere, aveva affrontato l'élite creola senza paura o scrupolo alcuno. Era stanco di quelli che chiamava parassiti: abituati a essere serviti senza preoccuparsi di cosa stesse succedendo al mondo, credevano di essere gli unici a soffrire, gli unici a subire privazioni. Intanto, nelle aree più isolate del paese, i bambini morivano di fame senza che nessuno potesse fare niente.

Poi, qualcuno gli raccontò della carne coltivata in vasca e lui ebbe una grande idea: avrebbe sfruttato i parassiti per mettere fine alla carestia. Non fu facile convincerli che una barriera li avrebbe protetti dalla plebe. Dovettero eliminare alcuni di loro, purtroppo i più intelligenti. Per fortuna i giovani furono più facili da convincere. Per fortuna, perché la loro carne era più tenera.

Non che al generale (a cinque stelle) importasse molto dell'opinione del "primo mondo", ma non era un genocida. Non avrebbe convertito il suo popolo al cannibalismo, questo era sicuro. Coloro che decisero di vivere dietro la barriera furono collocati in delle vasche, una sorta di grembo materno in cui avrebbero dormito in pace. Gli venne fornito tutto ciò di cui avevano bisogno, gli facevano persino l'elettrostimolazione quotidiana per evitare che perdessero il tono muscolare. In cambio, di tanto in tanto, gli venivano prelevate dai muscoli delle cellule staminali con le quali creare la base per il nutrimento di tutti i peruviani.

Per un po' di tempo si riuscì a mantenere tutto segreto. Tuttavia, ben presto la notizia trapelò e il mondo intero venne a conoscenza del fatto. In un primo momento alcuni denunciarono la violazione dei diritti umani, tuttavia, a essere precisi, quel "bestiame" non veniva sacrificato. Anzi, veniva curato, nutrito e protetto fino alla fine dei suoi giorni. Cosa c'era di male in ciò?

Altri parlarono di cannibalismo, anche se in realtà nessuno veniva mangiato, almeno non in modo letterale. La situazione mondiale era così disperata che, a poco a poco, le opinioni iniziarono a cambiare. Al telegiornale si diceva che se ne stava discutendo. Juan l'aveva sentito. Si parlava di trovare altre soluzioni più rispettose dei diritti umani, magari cercando dei volontari invece di obbligare qualcuno a "dormire." Perché non si trattava di una vendetta della classe inferiore nei confronti dell'élite. Ma se si poteva far buon uso di quei ragazzi che prima della pandemia se la spassavano di festa in festa, cosa c'era di meglio? Le persone che producevano, a prescindere dalla loro classe sociale, erano necessarie. Gli altri, i parassiti, dovevano pur rendersi utili in qualche modo.

Le parole restano parole. Fino a quel momento solo il Perù aveva preso una decisione del genere, la fame era solo un ricordo e si poteva pensare a ricostruire il paese. Juan era orgoglioso del suo lavoro. Grazie a lui e agli altri della squadra, le persone potevano riempirsi la pancia e tirare avanti. Il futuro non era più così oscuro.

Il vaccino aveva funzionato per gli esseri umani, ma purtroppo non si fece in tempo a salvare gli animali. Anche le piante scarseggiavano, un effetto collaterale dovuto alla scomparsa di uccelli e insetti impollinatori. Mangiare insalata era un lusso. La carne coltivata era l'unico alimento di cui potevano nutrirsi le masse.

Juan osservò per un attimo la giovane della vasca 152. Doveva avere la sua età: corrispondeva a ciò che allora veniva considerata una bellezza anche se adesso era in sovrappeso di qualche chilo, abbastanza perché le sue cellule staminali potessero essere prelevate senza che il corpo avesse a soffrirne. Era il tipo di ragazza che in un passato non troppo lontano gli avrebbe lanciato un'occhiata di disprezzo o lo avrebbe guardato con una smorfia di disgusto.

Lui sorrise, senza il minimo risentimento.

Si avvicinò alla vasca e sussurrò: "Sogni d'oro, snobbettina." Poi, fischiettando, se ne tornò alla scrivania.

Il viaggio

di Tanya Tynjälä

Scrittrice peruviana di fantascienza e fantasy. Si dedica all'insegnamento. Ha pubblicato con NORMA La ciudad de los nictálopes *e* Cuentos de la princesa Malva, Lectora de sueños *e* Ada Lyn, *nonché con Micrópolis* Sum, *una collezione di microracconti e poesie, con El Gato Descalzo* (Ir)realidades *e con Pandemonium Editorial* Exorealidades. *I suoi libri sono stati selezionati come materiale di lettura in alcuni paesi latinoamericani come il Perù, l'Ecuador, il Cile e la Colombia. I suoi testi sono stati pubblicati in molte antologie internazionali (Argentina, Spagna. Bulgaria, Finlandia e altri). Uno dei suoi racconti è stato inserito nel manuale per l'istruzione superiore* Texto 4ème sec. *È caporedattore per la lingua spagnola di Amazing stories. Nel 2003 è stata nominata scrittrice dell'anno per la collana Torre de Papel Amarilla della NORMA Editorial. Nel 2007 si è aggiudicata il primo premio nella categoria del monologo teatrale iper-breve del Concurso internacional de microficción "Garzón Céspedes".*

Blog in Amazing Stories: http://amazingstoriesmag.com/authors/tanya-tynjala/

È questa la salvezza? Il freddo indomabile e l'oscurità che mi invade gli occhi senza alcuna pietà? Ci sarà una luce alla fine di questo viaggio? Siamo fuggiti, disperati, da quella guerra civile senza senso, sconfitti per non avere avuto neanche modo difenderci. Il malfunzionamento nella barriera di separazione tra ricchi e poveri ha spinto il nemico a prendere una decisione: era indispensabile sterminarci tutti, bambini compresi. Poco importava che appartenessimo allo stesso Paese. Non ci vedevano come loro pari, ci consideravano inferiori perché siamo nati poveri e perché la nostra pelle non ha lo stesso colore della loro. Pensavano che, con la nostra eliminazione, le scarse risorse disponibili gli sarebbero bastate più a lungo. Nessun segno di pietà: i soldati sparavano senza neanche sbattere le palpebre, avanzavano come una insensibile macchina trituratrice: con metodo, radendo al suolo ogni cosa intralciasse il loro cammino.

Soldati, è così che chiamano quegli esseri metallici che hanno creato per rimpiazzarci, per non doverci dare neanche più un soldo, per farci rimanere dalla nostra parte della barriera e non lasciarci altre scuse per attraversarla. All'inizio lavoravano come servi nelle loro case, il lavoro che prima facevamo noi per loro: pulire, cucinare, sistemare il giardino, costruire e persino prendersi cura dei loro bambini.

Quando la barriera ha smesso di funzionare, li hanno riprogrammati perché potessero attaccarci.

Ricordo che quando ero piccola mia madre mi portava al lavoro a casa di una signora. Ci veniva richiesto di mostrare il codice a barre per entrare in città: dovevano assicurarsi che non fossimo portatrici di malattie. Loro non avevano codice a barre, indossavano un braccialetto in cui erano raccolti tutti i dati. Inserirci il codice alla nascita era più economico, sostenevano. Per loro, invece, era sufficiente il bracciale, da poter scegliere in vari colori e materiali. Arrivate a casa della signora, dovevamo accedere dalla porta sul retro. Io rimanevo in una stanza ad aspettare che mia madre finisse di lavorare. La signora non entrava mai in quella stanza, ma a volte mi annoiavo e uscivo in giardino. Se per caso la signora mi vedeva, si portava subito un fazzoletto profumato al naso. Il fazzoletto odorava di fiori, di velluto, di mattinata estiva. Non ho mai più sentito una fragranza simile. La signora chiamava mia madre con un campanello. Lei arrivava di corsa e, vedendomi, chiedeva subito scusa, mi prendeva per mano e mi riportava in stanza. Una volta la signora bofonchiò qualcosa riguardo una mosca fastidiosa. Sentii un lieve tremore nella mano di mia madre. Mi guardai attorno nel tentativo di individuare l'insetto. Solo molti anni dopo ho capito di cosa parlava la signora e il motivo per cui la mano di mia madre aveva tremato. La mosca ero io.

Il volto di quella signora era davvero strano, pareva di plastica e non lasciava trasparire quasi nessuna emozione. Era molto anziana e aveva abusato di quelle pratiche a cui si ricorreva dal suo lato della barriera per sembrare più giovani. La sua casa era immensa e, senza dubbio, ci viveva da sola

All'apparenza non sembrava avere una famiglia, solo di tanto in tanto riceveva la visita di altre donne, di plastica quanto lei.

Che senso aveva vivere in una casa così grande? Eppure, ripeteva di continuo che noi "di fuori" le toglievamo tutto. Non ho mai capito cosa intendesse con quel "tutto": noi non avevamo quasi niente! Non le importava nulla se la paga ridicola che dava a mia madre non copriva neanche le spese basilari, così come non si preoccupava di spendere dieci volte tanto per quei trattamenti che evidenziavano sempre più quanto era rifatta.

Verso l'interno della città, la barriera proiettava un paesaggio campestre da sogno, in modo da non mostrare a loro come vivevamo noi. Per contro, dal nostro lato, la barriera non proiettava niente. Insomma, ogni mattina noi potevamo vedere da lontano le loro case, i loro ristoranti, come si vestivano e cosa mangiavano. Noi avevamo a malapena l'acqua potabile e l'elettricità per qualche ora. In più, la loro spazzatura veniva scaricata accanto a noi, formando una montagna che ci teneva più lontani dalla barriera, poiché dovevamo mettere una distanza tra le nostre case e la loro spazzatura, che spesso conteneva prodotti tossici. Dal nostro lato, erano diffusissime le allergie.

In fin dei conti, la montagna di spazzatura non era così male. C'era sempre qualcosa da poter recuperare. In molti si avventuravano nell'esplorazione, coprendosi la bocca e il naso con un fazzoletto. Una volta un vicino trovò un televisore e, seppure in pessimo stato, riuscì a ripararlo. Divenne il cinema di quartiere. Ci riunivamo tutte le sere per guardare un programma. La connessione non era stabile e una linea nera tagliava lo schermo proprio nel mezzo, eppure per noi era qualcosa di molto vicino alla magia.

Un giorno ci siamo accorti che molti oggetti venivano triturati e resi inutilizzabili. A quanto pare, qualcuno si era accorto di ciò che facevamo. Nel loro egoismo, non potevano permetterci di utilizzare neanche le cose che non gli servivano più, perché potevamo avere la faccia tosta di architettare qualcosa. Distruggere tutto era il loro modo di "proteggersi." Comunque, non ci siamo lasciati scoraggiare. I mobili rotti venivano riparati o trasformati in qualcos'altro. I ritagli di tessuto venivano ricuciti in coperte colorate. Siamo abituati ad aggiustare all'infinito le cose affinché continuino ad essere utili, tutto viene riutilizzato.

Ma in quel momento ero sola, non avevo più la mia famiglia, i miei amici. La guerra li aveva uccisi. Chi ha potuto, ha provato a formare una milizia male armata. Mio padre e i miei fratelli si sono uniti a loro. Ma come si può pensare di difendersi da esseri metallici che nemmeno sanguinano avendo a disposizione a malapena qualche arma improvvisata con pali di legno e ferraglia?

Poi, è arrivata la notizia della morte di mio padre e mio fratello. Qualche giorno dopo, al mio rientro a casa dopo il solito giro alla ricerca di cibo, ho trovato mia madre morta sull'uscio. Non ho mai saputo cosa è successo. Non mi restava che scappare.

Scappare, ma dove? Mi fermavo ogni tanto, mi rifugiavo tra le macerie bombardate delle vetuste abitazioni dove vivevamo. Talvolta c'era qualcun altro insieme a me: madri con bambini, i nostri soldati feriti, il fornaio da cui compravo il pane per colazione, l'odioso autista del pulmino che accoglieva i giovani scolari con i suoi borbottii e che, in quel caso, tremava molto più di quei ragazzini tra le braccia delle madri. Noi, al di fuori della barriera che proteggeva la città, non disponevamo dei trasporti moderni guidati dalle intelligenze artificiali. Noi vivevamo degli avanzi della città. E volevano negarci persino quelli.

Sostengono di aver sbagliato a non nascondere la città ai nostri occhi, di aver generato invidia e che, per questo, noi abbiamo deciso di sabotare la barriera: per poterla attraversare e far loro del male. È vero, qualcuno l'ha attraversata con cattive intenzioni, ma come avremmo potuto provocare un malfunzionamento se non disponevamo neanche di una squadra adeguata? Ma non ha molta importanza ciò che è successo, in fin dei conti non siamo mai stati niente per loro. Hanno trovato il pretesto perfetto per disfarsi di noi.

Gli scontri a fuoco si fermavano e noi procedevamo con la fuga, senza sapere dove fosse l'uscita. La verità è che non c'erano uscite, le frontiere erano chiuse. Gli aiuti internazionali non sarebbero arrivati in tempo per salvare i pochi sopravvissuti. Con tutto ciò, abbiamo continuato a camminare nascondendoci, riparo dopo riparo.

In uno dei rifugi, qualcuno ha parlato di un pallone aerostatico nascosto in un magazzino nei pressi della discarica. Alcuni erano sicuri che lo avessero già scoperto, altri pensavano che fosse un bersaglio troppo facile una volta decollato...

altri, io compresa, ci credevano poco. Forse valeva la pena provarci invece di correre a destra e a manca come conigli che scappano dall'astuta volpe. In fondo, tutti eravamo consapevoli che, prima o poi, ci avrebbero preso. Così, abbiamo raggiunto il magazzino nascondendoci molte volte dietro i morti. Non ho mai visto prima bambini così piccoli essere così obbedienti di fronte alla richiesta delle madri di rimanere fermi. Percepire il pericolo della morte a quell'età è proprio triste.

Alla fine, siamo arrivati. Il magazzino, quasi per miracolo, era intatto e il pallone aerostatico era al suo posto ad aspettarci, offrendoci un'ultima speranza. C'era abbastanza combustibile per oltrepassare la frontiera, ci ha informato lo stesso uomo che ci ha avvisato del pallone. Nel magazzino c'erano anche scorte di viveri e abbiamo cercato di dividerle nel modo più equo possibile. Qualcuno ha protestato che non era giusto lasciare tre razioni alla madre perché i bambini non mangiano quanto un adulto. Tutti lo hanno guardato con disprezzo. Le razioni ci sarebbero bastate per un paio di giorni e, con un po' di fortuna, a quell'ora avremmo dovuto già oltrepassare la frontiera.

Mi sveglio tremando. Pur essendo accalcati, non riusciamo a trasmetterci un po' di calore. Non sono sola, eppure sono sola. Attorno a me nessuno parla, hanno smesso di farlo ieri, quando le poche riserve che avevamo sono finite. I colpi del nemico non sono riusciti a raggiungerci, ma l'egoismo sì. All'improvviso piove e noi apriamo la bocca, con la speranza di non morire di sete. Non abbiamo modo di sapere dove ci troviamo. Qualcuno sostiene che siamo sulle Ande per via delle montagne in lontananza. Un altro è convinto che stiamo solo girando in tondo e torneremo al punto di partenza. Nessuno ha detto il proprio nome. Io li chiamo "la madre e i due figli" (un maschio e una femmina), l'egoista (colui che non voleva lasciare le razioni intere ai bambini e continua a sostenere che non stiamo andando da nessuna parte), il professore (solo perché è il più anziano e cerca sempre di consolarci), i fidanzati (lei non smette di piangere e lui non smette di accarezzarla e parlarle con dolcezza), il padrone del pallone aerostatico (non so se sia davvero il padrone, ma quantomeno sapeva dove si trovava) e l'inventore (avrà tredici anni e quando ha iniziato a piovere ha avuto l'idea di utilizzare un recipiente di biscotti per raccogliere l'acqua; lo abbiamo fatto tutti e, perlomeno, abbiamo l'acqua). E loro come mi chiamano? Cerchiamo di non muoverci molto e di dormire vicini, il professore dice che in questo modo conserviamo l'energia e ci riscaldiamo a vicenda. Solo l'egoista si rifiuta. Magari, in fondo, è il più sincero. Non si può negare: ci guardiamo con sospetto. Non ci conosciamo e la fame ci mette di cattivo umore. Torno a dormire, non c'è molto altro da fare.

Mi sveglio, il professore discute con il padrone del pallone e l'inventore. L'egoista è sparito. A quanto pare ci siamo addormentati tutti e lui ha deciso di lasciare il pallone aerostatico. Il dubbio rimane: si è suicidato? Lo hanno spinto?

Non lo sappiamo e non voglio pensare che qualcuno abbia potuto fare qualcosa di simile. Secondo il padrone, se qualcuno lo avesse ammazzato, avremmo di sicuro sentito una colluttazione. È vero, è scomparso nel silenzio e forse a breve qualcun altro farà lo stesso.

Le grida dei bambini ci svegliano. Si vedono delle luci in lontananza, a terra, ed è evidente che non sono della città. Ci troviamo tra le montagne, c'è un fiume che attraversa quello che sembra essere un villaggio. All'improvviso una serie di bandiere bianche inizia a sventolare da ogni tetto. Vogliono forse dirci che sono un villaggio pacifico?

Temiamo sia una trappola, ma non possiamo continuare a volare per sempre, siamo senza cibo, sporchi e stanchi. Dormiamo in spazi molto stretti e non sappiamo quanto ancora ci basterà il combustibile. L'inventore inizia a chiudere la valvola del gas e il pallone inizia a scendere.

L'atterraggio è violento: in verità nessuno di noi sa come maneggiare un pallone aerostatico, ma il piccolo inventore se l'è cavata al meglio delle sue possibilità. L'aria è rarefatta, abbiamo difficoltà a respirare ma, perlomeno, siamo sulla terraferma e vediamo avvicinarsi delle persone in lontananza.

Sento il sangue gelarsi nelle vene. Sono soldati. Eppure non hanno armi, anzi alcuni portano dei bambini in braccio: molti sono della città, ma ce ne sono come noi. Hanno più o meno tutti la stessa età, nessuno supera i dieci anni. Ricordo di aver sentito parlare della sparizione di molti bambini piccoli. Gli abitanti della città erano infuriati. Pensavano fossimo noi i colpevoli. Non aveva importanza che anche i nostri bambini stessero sparendo. Quando, poi, è caduta la barriera, tutto il resto è passato in secondo piano.

Gli occhi inespressivi dei soldati contrastano coi sorrisi calorosi dei bambini.

Ci porgono delle coperte.

"Non abbiate paura, non siamo soldati. Siamo scappati prima che potessero riprogrammarci. Siamo quasi tutti macchine di assistenza per bambini e per questo siamo dotati di un programma di empatia. Sarete stanchi e affamati...venite con noi, avremo tempo per parlare."

Ci guidano verso un villaggio di case fatte di pietra. È evidente che non sono state costruite dai bambini. L'elettricità proviene dall'energia eolica e dai pannelli solari. Sono organizzati bene. Raccontano di avere una scuola e un piccolo ospedale.

Ospedale? Non una semplice guardia medica? Un ospedale. Molto prima di portare i bambini, hanno pianificato di trasferire dalla città una serie di strumenti e materiali che sapevano gli sarebbero stati utili. Già da qualche tempo avevano notato che l'egoismo in città era in aumento.

Avevano temuto per i bambini che crescevano sotto la loro tutela fino ai dieci anni, età in cui si supponeva potessero cavarsela da soli ed entrare a far parte di una scuola di formazione. Lì gli veniva insegnata una cosa sola: che avevano il diritto di usufruire dei vantaggi della città per la loro appartenenza a un gruppo superiore. Una volta incise queste idee nelle loro menti, risultava impossibile convincerli che quella linea di pensiero non solo fosse sbagliata, ma anche senza fondamenti scientifici.

"Senza compassione, empatia e solidarietà, il genere umano è condannato. Per questo abbiamo sentito il dovere di preservare l'umanità, lavorando con i bambini, insegnandogli il vero significato della natura umana. Questo non è l'unico territorio contaminato dall'egoismo. E noi non siamo gli unici a sperare di poter salvare il futuro."

L'androide che ci parla ha una voce dolce, quasi come le fusa di un gatto, un essere leggendario ormai in pericolo di estinzione. La sua faccia è stata dipinta per sembrare più umana possibile. In realtà, in questo momento, è un po' sbiadito poiché nessuno si occupa della sua manutenzione.

Un altro androide prende la parola: "In diversi insediamenti ci sono alcuni adulti, fuggitivi come voi, che contribuiscono ad alcune necessità. Il cibo, per esempio. Non potendo assaggiare ciò che cuciniamo, le pietanze non sono proprio le migliori. Sono piatti bilanciati, certo, ma non sempre hanno un buon sapore. La situazione si complica perché nelle città il cibo è preparato con materie prime artificiali, qui invece abbiamo gli orti e noi non abbiamo mai cucinato con vera verdura. Alcuni bambini di fuori ci aiutano perché la conoscono."

"Se volete restare, siete i benvenuti," continua il primo, "qui sarete al sicuro. I droni urbani non possono vederci perché abbiamo creato un campo elettromagnetico. Siete riusciti a raggiungerci avendo utilizzato il pallone aerostatico, un mezzo che in città non useranno mai. Non potendo localizzarci, è molto poco probabile che inviino dei soldati fin qui. E comunque ci siamo preparati anche per questa eventualità. Faremo di tutto per proteggere i bambini. Potete restare finché non vi costruiremo case indipendenti, se lo desiderate. Sarete stanchi. Finite pure di mangiare e riposate."

Ci troviamo nella struttura che usano come scuola. Lo spazio è ampio e pulito. Ci sono sacchi a pelo sul pavimento, verdura cotta e frutta sopra un tavolo. I bambini continuano a mangiarla. La fidanzata piange e ride allo stesso tempo e dice: "Sono le papas più insipide che abbia mai mangiato, ma sono buonissime."

Fa bene mangiare pietanze fresche, non importa se manca il sale o gli aromi. Siamo salvi, questa è l'unica cosa che importa.

"Mi chiamo Tita, comunque," dico rendendomi conto che fino a quel momento non conoscevamo i nostri nomi.

"Piacere di conoscerla signorina Comunque," risponde il professore scherzando, piegandosi in un grazioso inchino, "io sono Manuel Pacheco, per servirla."

La fidanzata con la bocca piena balbetta: "Io sono Juana e lui è Pocho," il fidanzato fa un cenno con il capo senza smettere di affondare i denti in una pannocchia saporita.

"Io sono Susana, e loro sono Isabelita e Carlos," dice la madre. Lei ha mangiato a stento qualcosa. È intenta a sbucciare la frutta per i bambini, lo fa anche per il nostro piccolo inventore. È lui il prossimo a presentarsi.

"Io sono Pepe," dice dopo aver ingoiato un pezzo di mela.

Il signore che ci ha guidato fino al pallone è l'ultimo a presentarsi.

"Io mi chiamo Jorge Pérez."

Sorridiamo tutti e raccontiamo qualcosa delle nostre vite. Pepe non riesce a trattenere le lacrime ricordando la perdita della sua famiglia. Tutti abbiamo perso qualcuno. Il dolore ci lega, così come la voglia di sopravvivere.

"Credo sia meglio andare a dormire. Domani avremo tanto lavoro da fare. Vedremo in che modo potremo dare una mano, in base alle nostre capacità," dice Don Manuel, "hanno proprio ragione loro, bisogna proteggere i bambini. Forse riusciranno in ciò in cui i loro genitori hanno fallito."

Tutti acconsentiamo. Ci concediamo una rigenerante doccia calda e ci infiliamo nei sacchi a pelo: dopo aver dormito tanti giorni ammassati nel pallone, ci sembrano ancora meglio di un materasso costoso.

Mi addormenterò presto. Alla fine, posso riposare tranquilla. Posso sognare il domani.

Robot poeta

di Edmundo Paz Soldán

Edmundo Paz Soldán è nato a Cochabamba, Bolivia, nel 1967. È scrittore e professore di Letteratura latino-americana presso la Cornell University. Tra i suoi romanzi spiccano Río Fugitivo *(1998),* Palacio Quemado *(2006),* Iris *(2014),* Allá afuera hay monstruos *(2021) e* La mirada de las plantas *(2022); è inoltre autore di raccolte di racconti come* Amores imperfectos *(1998),* Las visiones *(2016) e* La vía del futuro *(2021). Le sue opere sono state tradotte in molte lingue e ha ricevuto numerosi premi, tra questi il premio Juan Rulfo de cuento (1997) e il Premio Nacional de Novela de Bolivia (2002).*

Seduta accanto all'ufficiale Limachi sul marciapiede vicino all'ingresso del parcheggio della stazione di polizia, dicesti di aver visto l'inizio di tutto, ma che la tua mente si era rifiutata di accettarlo. Perché la compagnia non ti aveva spiegato nel dettaglio come funzionava Maturana? Limachi si toccò il ginocchio sbucciato: chi lo avrebbe pensato, Mishely? Tu, per lo meno, no. Il ricordo degli spari ti fece rabbrividire.

"Ha colpito una Ayorea, giusto? L'ho vista sdraiata a terra in un mare di sangue."

"Sì. Ha aperto la porta della cella e le ha fatte uscire entrambe. L'altra è in ostaggio."

"Prima di tutto, vorrei ringraziarvi a nome della compagnia," disse poco dopo l'esperto con gli occhiali e i capelli ricci, "eventi del genere capitano di rado."Volle sapere se qualcuno avesse notato qualcosa di strano, per tenerne conto nel corso delle indagini. Vi eravate accovacciati dietro una volante insieme a Limachi e al tuo capo, il sergente Parada; una pallina di coca gonfiava la sua guancia destra. Il sole li colpiva in pieno nel mezzo del giorno umido e ventoso, le cartacce volavano e i rami degli alberi scricchiolavano come se stessero per spezzarsi.

"Beh," sussurrasti, "quando l'agente Maturana era arrivato in stazione per la prima volta mi aveva portato il caffè senza che glielo chiedessi e questo mi aveva fatto abbassare la guardia."

"Ci raccontava aneddoti riguardo la sua infanzia inventata," aggiunse Limachi "diceva di essere il minore di sette fratelli, narrava di essere caduto in un pozzo e di essere stato salvato dopo giorni quando era bambino."

"Era fissato con il linguaggio," dicesti "e a volte faticava a capire che una cosa poteva significare anche altro: 'ho un mattone nello stomaco' diceva mentre si disegnava con le mani un rettangolo sotto il petto. Trascorreva le ore ad analizzare le frasi da lui definite 'metafisica popolare' come 'ho dormito tre giorni di fila', per non parlare dei modi di dire di alcuni agenti: 'farsi in quattro' per esempio..."

"L'agente Gareca moriva dal ridere quando Maturana iniziava a cantare all'improvviso in mensa" il sergente Parada ti indicò "o anche quando imitava le capre con belati imbarazzanti."

"Gli abbiamo fatto vedere programmi comici," disse l'esperto togliendosi gli occhiali. "Doveva sviluppare modi per piacere ai suoi compagni. Voi sapete che l'umorismo aiuta a rompere il ghiaccio."

"'Ha il cuore buono' sosteneva lei, e noi le dicevamo che quella macchina un cuore non ce l'aveva. Lo abbiamo visto uccidere un ladro sulla porta di una gioielleria senza battere ciglio" aggiunse Parada.

"Gli abbiamo insegnato a rispettare la legge ma a proteggere la vita, anche quella di ladri e criminali," si rimise gli occhiali. "Ovviamente qualcosa non stava funzionando bene."

"In altre cose funzionava troppo bene", hai detto. "Era in grado di generare idee interessanti, come quando dopo una tempesta che aveva allagato le strade e mostrato i problemi del sistema di fognature della città, ha sottolineato la necessità di creare un ramo della polizia dedicato alla crisi ambientale. Mi ha sorpreso. Ha detto che bisognava lavorare con organizzazioni comunitarie e scuole per educare il pubblico, proteggere infrastrutture essenziali come ponti e sistemi di drenaggio in tempi di emergenza, e arrestare le persone che non rispettavano le leggi e le regolamentazioni ambientali.

"Sembrava più un politico che un poliziotto," disse Parada.

Ti chiedesti se avresti dovuto dire all'esperto che per te il momento chiave non era stato l'arrivo di Maturana in commissariato: avevi sentito parlare molto bene degli agenti come lui, delle loro virtù e della loro abilità nell'assistere gli esseri umani in operazioni complesse; fino a quando, una settimana dopo, gli fu affidato il compito di pattugliare con Peralta. A quel punto Maturana aveva già sentito insulti verso Collas, donne, travestiti, politici e immigrati venezuelani nelle conversazioni alla stazione di polizia; aveva l'abitudine di ripetere le frasi appena le sentiva – era programmato per imparare i modelli di uso del linguaggio nelle sue interazioni con la gente – e il sergente Parada e tu gli avevate fatto notare: quelle cose non si dicevano. Non servì a molto: quando tornò da quella prima volta con Peralta, gli chiedesti come fosse andata e lui ti rispose: "Odio gli Ayoreos, piccola merda. Indiani sporchi. Per non parlare dei Collas che si mettono sui marciapiedi per vendere i loro prodotti senza permesso."

"Calmati, Maturana. Non diventare un mangiacolla."

Per alleggerire l'atmosfera gli hai fatto uno di quei stupidi giochi di parole che tanto gli piacevano:

"Quanti tipi di grazia conosci?"

"Molte grazie."

"Prego, non c'è di che."

Un giorno stavate ascoltando una canzone, il testo diceva "l'acqua di vetro" e Maturana improvvisò: "l'acqua ha le finestre" e poi, "nell'edificio d'acqua si vedono i pesci dalle finestre." Un robot poeta, concludesti. Il suo software, attraverso le falle del linguaggio, si apriva a nuovi modi di capire il mondo. Comunque avevi riferito a Parada ciò che avevi sentito e si era deciso che Maturana non sarebbe più uscito di pattuglia con Peralta.

L'esperto disse a Maturana tramite il tablet che non gli avrebbe fatto del male. Maturana gli rispose di essere stanco degli insulti ed era arrivato il momento di reagire. L'esperto scosse il capo.

"Non è programmato per replicare a chi lo comanda. Mi sorprende," disse.

"E neanche per sparare ai suoi compagni suppongo, eppure lo ha fatto," disse Parada.

"Durante la progettazione devono aver pensato che se avesse imparato a sviluppare la sua conversazione basandosi su ciò che ascoltava, avrebbe imparato un mucchio di cose offensive."

"Non si tratta solo di linguaggio, questo mi preoccupa. L'apprendimento automatico della macchina sta anche modellando il suo comportamento."

"Mi hanno detto che al momento della clonazione utilizzano parti di seconda mano. Non so cosa sia passato in mente al comando quando l'hanno affittato. Lo disattivi subito."

"Seguiamo il protocollo. Noi addestriamo loro, ma siamo addestrati anche noi. Dobbiamo trattarli con umanità."

"L'umanità è per gli esseri umani, cazzo."

Parada se ne andò; l'esperto ti mostrò un pulsante sul tablet.

"Il suo funzionamento dipende da questo, Mishely."

"Non posso credere che abbia tradito la nostra fiducia. È uno… che gli faranno adesso? Sarà giudicato secondo la legge?"

"In verità non esiste una legge che li riguardi. Non è previsto né il carcere né un processo. È soltanto una macchina difettosa e la nostra compagnia si prenderà carico di ripararla. Nonostante i difetti, è un buon prodotto. Dovreste essere grati ai nostri tecnici per la loro capacità di clonarli, siate fieri dell'industria nazionale."

Lanciasti un'occhiata al tablet. Era lì Maturana? Avreste potuto comunicare per suo tramite come in una seduta spiritica? Credevi di conoscerlo, ma cosa sapevi davvero di come funzionava? Una volta si era presentato senza preavviso davanti alla porta del tuo appartamento con panini e birre; ti eri domandata se non fosse un rischio lasciarlo entrare: i suoi grandi occhi trasmettevano vulnerabilità e decidesti di affidarti al legame venuto a crearsi tra voi. Finiste per guardare un film sul divano, lui con la testa appoggiata alla tua spalla. Ripensandoci, in quel caso avevi rischiato troppo. Ciò che era successo era doloroso e difficile da accettare. Ma avresti davvero potuto sbagliare fino a quel punto?

Era stato allestito un cordone di sicurezza per un paio di isolati e la gente si avvicinava. L'esperto negoziò con Maturana per permettere l'ingresso dei paramedici e portare via l'anziana donna Ayoreo morta.

L'altra donna Ayoreo aveva le manette ai polsi: li guardò dalla sedia, tremando. I suoi lunghi capelli le cadevano disordinati sulla blusa blu piena di macchie scure. Mentre caricavano il corpo inerte nell'ambulanza, un paramedico raccontò di come Maturana sembrasse tranquillo e li avesse aiutati a sistemare la salma. Per questo lo avevano noleggiato, pensasti. Per mostrare *tranquillità sotto pressione* come recitava lo slogan della compagnia. Così tanto potenziale sprecato.

Il giorno della sua visita a casa tua prestasti più attenzione ai suoi gesti e alle sue emozioni che al film ("che significa tirare fuori gli artigli?"; "perché dicono 'mai e poi mai'?"). Da vicino notasti la pelle tirata al massimo, come se qualcuno gli avesse iniettato del botox in tutto il corpo. Quando appoggiò la sua testa alla tua spalla, continuò a pronunciare frasi che non sapevi se aveva sentito in commissariato o se le stava inventando: "Evo dittatore, ha imparato da Chavez, l'inventore dell'ateismo"; "dei gay e dei travestiti non me ne frega nulla". Cercavi di cambiare argomento e di portarlo su temi meno pesanti. Ti confessò che, a volte, non sentiva la sua pelle come propria e aveva la sensazione di essere coperto di ragni e vermi ("La mia pelle è come il legno. È così che si dice?"). Insisteva, talvolta percepiva una sorta di pizzichi lungo tutto il corpo ("come se un uccello mi stesse beccando"). "In un'altra vita io sono sempre stato o sarò un albero" disse. "Meglio così", dicesti. Rispose: "Meglio cosa, idiota?"

Ti eri alzata e gli avevi detto di andarsene. "Brucerai all'inferno, femminazi", ha urlato. Se n'è andato sbattendo la porta.

L'esperto ti chiese se avessi qualcos'altro da aggiungere. Sentivi l'uniforme attaccata al corpo, impregnata di sudore. Il vento trascinava foglie e polvere, una piccola scatola di cartone di KFC. Pensasti che la convivenza con Maturana, in fin dei conti, era stata un'esperienza interessante: a volte ti trattava *troppo* bene, e questo ti confondeva, perché non sapevi se ciò fosse parte del suo sistema operativo o qualcos'altro.

"Certo che sì," dicesti. "Infatti penso che quello che è successo sia stata colpa mia."

"Cosa?"

"Quando hanno notato che avevamo legato, lo hanno messo insieme a me di pattuglia" dicesti "se glielo chiedevo, riusciva a dirmi la temperatura esterna esatta, inclusi i decimali; mi aggiornava sulle ultime notizie; traduceva le parole e mi forniva dati storici. Quando fermavamo qualcuno, entrava nella sua banca dati e in un secondo sapeva se i suoi documenti erano falsi o se era un pregiudicato."

Il dolore al ginocchio di Limachi aumentava, "Credo di essermi stirato un muscolo," disse, sedendosi per terra.

"Dovresti andare a farti vedere da un paramedico," suggeristi.

Mentre stavate parlando, Maturana tornò a sparare: i proiettili colpirono un albero. L'esperto ricevette un ultimatum tramite il tablet: mezz'ora di tempo per provvedere alle sue richieste o addio alla donna Ayorea. Voleva un elicottero che lo portasse nel bosco: lì, aveva sentito, c'era una comunità di suoi simili.

"Non ho intenzione di tornare con voi. So bene cosa mi farete, piccole merde. Tagliate ogni collegamento con me, non voglio download e aggiornamenti, lasciatemi libero. Possiamo vivere senza il vostro aiuto, idioti. Quella comunità ne è la prova."

L'esperto smise di usare il tablet per rispondergli e gli urlò di lasciarlo entrare come aveva fatto con i paramedici. Maturana gli rispose che da quel momento in poi avrebbe parlato solo con persone di cui si fidava.

"Non le ho riferito la cosa più importante" dicesti.

"Dica pure, agente" rispose l'esperto.

"Ieri nei dintorni della Blacutt, ad un semaforo, abbiamo visto un gruppo di donne Ayoreas che vendevano pappagalli. Come sa è illegale, quindi ci siamo fermati per confiscare i pappagalli. Le donne piangevano, dicevano che vivevano di quelle vendite, che non dovevamo portare via i loro pappagalli. Maturana ha iniziato a insultarle e le ha arrestate. Gli ho detto che non era così grave, che sarebbe stato meglio concentrarsi sui cleferos due isolati più in là, che rubavano parabrezza e fari delle auto ed erano molto più pericolosi, sarebbe stato un casino portare le donne in commissariato, non avevano nemmeno soldi per corromperci, ma non mi ha ascoltato e ha ammanettato due di loro mentre le altre scappavano. Le abbiamo portate con noi, e hanno finito per dormire in cella. 'Sporche indiane,' gridava Maturana. 'Mi deludi, macchina del diavolo,' gli ho detto. 'Pensavo che fossi stato programmato per comportarti allo stesso modo con tutti. Pensavo che ti avessero assunto perché la gente ne ha abbastanza di tutte queste porcherie.'"

"Bisognerà rimediare," commentò l'esperto. "Gli altri modelli della sua serie non pensano per niente a queste cose."

"Stamattina, prima di andare fuori di testa, mi ha bloccata in bagno e mi ha chiesto se avessi trovato la regola. 'Quale regola?'", ho domandato. 'La regola del comportamento uguale per tutti. Non hai detto questo ieri, merdina? La stessa regola per tutti?' Se non ti hanno programmato con quella, siamo fottuti, ma dovrebbe comunque essere una questione di decenza' ho detto. 'La vita fa schifo', ha risposto, 'e la decenza è un campo minato.' 'Un campo minato?' ho ripetuto. 'Sì, ci sono eccezioni, non tutti meritano lo stesso trattamento. E se dicono che l'eccezione conferma la regola, cosa succede quando ci sono così tante eccezioni? Cosa succede se tutto è un buco?' ha detto. 'È vero che ci sono molti buchi, ma non è che tutto sia un buco,' ho risposto. 'Mai e poi mai' ha concluso lui."

L'esperto ti chiese di chiamare il sergente. Parada arrivò, ci fu una riunione nel parcheggio. L'esperto propose di fare un altro tentativo: avrebbe detto a Maturana che tu ti saresti avvicinata alla porta per consegnare un messaggio in una busta.

"Dobbiamo approfittare, di te si fida, Mishely" aggiunse. Il sergente acconsentì, anche tu. Non avevi altra scelta.

Avanzasti nel parcheggio, Maturana apparve sulla soglia col volto rilassato.

"Che bello vederti" dicesti. "C'è un bel po' di confusione, giusto? Dov'è finito il collega che mi faceva morire dal ridere? Vorrei vedere lui, non ciò che vedo ora."

"No, per favore, non morire!"

"Sono felice come una Pasqua."

"Come si fa a sapere se una Pasqua è felice?"

"Meglio un uovo oggi che una gallina domani."

"E come si trova l'uovo?"

"Maturana, saliamo su."

"Meglio se scendiamo giù."

Eravate nel mezzo di quello splendido esercizio mentale quando all'improvviso, ti tornò in mente l'immagine della donna Ayorea dissanguata sul pavimento e ti fermasti di colpo. Come avresti affrontato l'orrore? *Quel* Maturana era quello che aveva appena ucciso una vecchia, non era *l'altro* con cui credevi di aver stretto amicizia. O meglio, era *entrambi loro*.

Non avesti il tempo di fare nulla: Maturana aprì la busta, mostrò la sua delusione e ti puntò contro l'arma; ti avrebbe presa in ostaggio e gli avrebbe insegnato a non giocare con lui. Cercasti un sorriso complice, senza risposta: continuava a mirare, tu alzasti le mani.

Ti stava trascinando dentro quando si sentì uno sparo, lui si portò una mano sul ventre e cadde a terra. Le sue braccia si allargarono e in pochi secondi apparve l'esperto.

"Mi scusi se non le ho detto niente prima, ma la sua vita non è stata messa in pericolo in nessun momento. Lo sparo che ha sentito era in aria. Ho premuto il pulsante per disattivarlo."

"Sapeva che mi avrebbe puntato addosso l'arma?"

"C'era un 92% di probabilità."

"Mi ha reso complice della sua scom... morte. Avrebbe potuto premere il bottone mentre era dentro. O dal suo ufficio. Non aveva neanche bisogno di venire qui."

"Avevo bisogno della scena per fargli credere di essere morto da eroe. Come le dicevo, è importante per noi della compagnia trattarli con umanità."

"Ma con me non si è comportato allo stesso modo!"

"Mi dispiace. Parli con il suo capo. Io seguo solo le istruzioni."

Alcuni giorni appresso, dopo aver assistito al funerale dell'Ayorea in un luogo del cimitero riservato per i corpi non reclamati, ti sei detta che Maturana meritava quel destino. Ti sarebbe piaciuto sapere se il suo modo di comportarsi con te fosse frutto dei suoi malfunzionamenti. Ti chiedevi se lo avessero smontato e avessero utilizzato i suoi componenti per altri modelli o se fossero riusciti a risistemarlo per il lavoro in polizia, aggiustando il suo sistema operativo.

Hai pensato di chiedere il tuo trasferimento a Cochabamba, ma non lo hai fatto: "Lì sarà la stessa cosa," ti sei detta. Cercavi di dimenticare quel giorno.

Mesi dopo, una mattina di nuvole lunghe e magre come capelli d'angelo, mentre eri di pattuglia con Limachi, hai visto un uomo vendere pappagalli in gabbia nel retro del suo furgone, vicino all'Hipermaxi del quarto anello. Hai fermato l'auto e Limachi ti ha detto che era meglio lasciarlo in pace. Gli hai detto che non era per lui ma per i pappagalli, e ti sei avvicinata. C'è stato un momento di confusione e hai sentito che il pomeriggio si schiariva e il sole bolliva. Non eri nel giardino dell'avenida: la tua testa era ancora nel parcheggio e camminavi verso la porta della stazione di polizia; dietro di te veniva l'esperto dai capelli ricciuti, con il tablet in mano. Maturana appariva nel vano della porta e tu gli chiedevi quanti tipi di grazie ci fossero. "Tante grazie, Mishely", rispondeva. "Di niente", gli dicevi. "Come di niente, piccola femminista di merda? La vita fa schifo!"

Limachi ti ha gridato chiedendo se stavi bene. Hai detto di sì, e sei andata a confiscare i pappagalli.

Parlo con mille voci

di César Santivañez

César Santivañez (Lima, 1980) è scrittore e sceneggiatore. Relatore nelle Conversazioni sulla fantascienza sudamericana in occasione del Worldcon 75 (Finlandia), della Biblioteca centrale di Tallinn (Estonia), del Boskone 50 (Stati Uniti) e del Roman Future Club (Italia). Artista ospite al Lucca Comics & Games 2022 (Italia) e nel programma Engaged Pedagogies 2023 (Stati Uniti). Editore di Llaqtamasi, antología de ficción especulativa peruana *(Perú, 2021). È sceneggiatore dei fumetti* Panóptica Vol. 1 e Vol. 2 *(Italia, 2022).*

Quella mattina Lisha rimase immobile, in piedi, sulla soglia della nostra capanna. Poi, in un gesto automatico, chiuse gli occhi e spalancò la bocca. Se mamma fosse stata sveglia, sono certo che si sarebbe spaventata. A dire il vero non era la prima volta che sorprendevo mia sorella a fare cose del genere di prima mattina. Di solito, tornava a letto e si rimetteva a dormire. Quella volta, di punto in bianco tornò in sé e si lanciò in una corsa frenetica all'interno della foresta.

Feci per alzarmi e la seguii da lontano, guardandola sparire di tanto in tanto nel fogliame, con la paura che un serpente potesse morderle i piedi nudi mentre spettinava il muschio del mattino. Io inciampavo tra le liane, i semi di *ishpingo* e le pietre taglienti.

D'un tratto sentii la voce di mia madre in lontananza, mi chiamava. Le risposi che stavamo tornando, senza darle troppe spiegazioni, cercando di illuderla che non fosse successo niente di strano. Lei tentennò per qualche secondo sull'uscio per poi tornare a perdersi nel buio della capanna. Ormai era abituata alla curiosità ermetica di mia sorella.

Quindici minuti dopo, Lisha si fermò sulla riva del Marañón dove, senza alcuna apparente spiegazione, si erano radunati altri bambini scalzi, di fronte alle acque nere e stagnanti del fiume. Mia sorella mi guardò, come se fosse la prima volta e, insieme a tutti gli altri, sentimmo infilarsi nelle nostre narici l'odore della morte che invadeva il paesaggio.

File di cadaveri galleggiavano uno dietro l'altro: *paiches*, piraña, anguille, tartarughe... figure inerti impantanate nel petrolio che si disperdeva per decine di metri a valle.

Non mi diede neppure il tempo di chiederle cosa le stesse succedendo.

Lisha si accovacciò e avvicinò il naso al liquido scuro, sussurrando parole che suonavano come le cose incomprensibili che spesso diceva papà. Mi avevano detto che le sostanze chimiche a contatto con la pelle potevano essere mortali, così la strattonai e feci per rimetterla in piedi.

Poco dopo arrivò un gruppo di uomini in divise bianche, impugnavano degli strumenti di misurazione. Rimasero lì, con le mani in mano e il respiro pesante. Non mossero un dito.

Uno di loro masticava una canna di zucchero mentre chiacchierava con i suoi compagni; un altro, muoveva la testa al ritmo della cumbia trasmessa dalla sua radio a pile. Senza dire niente, iniziarono a scavare una buca enorme nel terreno. Quasi a metà del lavoro, uno di loro ci chiese se volevamo guadagnare qualcosa.

Non rispondemmo, ma lui ci indicò dei secchi vuoti impilati a mezzo metro di distanza. Con quelli dovevamo raccogliere l'acqua nera e gettarla nella buca. Se lo fate per ogni secchio vi pago quattro... anzi, cinque *soles*! Quando lo ringraziammo, ci accarezzò sul capo, ci disse che anche gli impiegati della compagnia petrolifera appartenevano alla comunità e, per questo, volevano che portassimo dei soldi a casa.

In effetti l'uomo sembrava uno di noi. Per questo decidemmo di fidarci. Che stupidi.

Gli chiedemmo di darci qualcuna delle loro divise bianche per poter iniziare a lavorare, ma ricevemmo in cambio un rapido spintone e una risata sarcastica. Incredibile questo moccioso. Dovrebbe già ringraziare di poter tornare a casa con qualche spicciolo in tasca stasera.

Eravamo otto bambini e tutti indossavamo i vestiti con cui ci eravamo svegliati, niente di più.

Ci incamminammo, ognuno facendo ciondolare il proprio secchio vuoto, verso il Marañón, che ci aspettava con il suo viscidume malato.

Gli uomini con le divise bianche finirono di scavare la buca, si allontanarono dirigendosi verso gli uffici della compagnia petrolifera. Gli uomini in tuta bianca finirono di scavare la buca e scomparvero alla vista, verso gli uffici della compagnia petrolifera. Quando avrete riempito la buca cercateci in quella capanna laggiù, ci dissero, lì faremo i conti e vi pagheremo. Non lasciatevi distrarre dalle stupidaggini, il vostro lavoro è molto importante. Le vostre famiglie dipendono da voi.

Prendemmo qualche metro di corda e ci dirigemmo di corsa verso il piccolo ponte sopra il fiume. Aggrappati alla staccionata in legno, lanciavamo i secchi vuoti e ci allungavamo a riprenderli, carichi di petrolio. Poi, ripercorrevamo il sentiero fino alla buca dove pian piano sotterravamo il risultato di quel disastro. A ogni secchio trasportato, le gocce di quella sostanza schizzavano appiccicandosi alle nostre gambe in una quantità che, in un primo momento, non destava preoccupazione. Tuttavia, con il passare delle ore prendemmo a lavorare sodo e con maggior rapidità, per cui iniziarono a venire fuori le prime infiammazioni e a spuntarci le piaghe tra le dita, gli occhi cominciarono a gonfiarsi come bulbi giganti sul volto. . Basta, disse uno di noi, non ce la faccio più, ma non ci facemmo caso perché stavamo già facendo i conti. Cinque *soles*! Tre per cinque, cinque per cinque, sette per cinque.

Magari, se io e Lisha avessimo messo insieme i nostri soldi, avremmo potuto portare mamma al villaggio oltre la montagna e comprarle delle coperte dagli abitanti dell'altopiano. Oppure, con la mia parte, avrei potuto comprare un libro di chimica. Mi piaceva da morire studiare, forse perché, nella comunità, avere un sogno diverso da quello di lavorare nei campi era considerato un atto di grande ribellione.

Camminammo avanti e indietro fino alla sera, trasportando secchi e riversando nella buca un'enorme quantità di liquame misto a carcasse di animali. Barcollavamo e ci tremavano le braccia per lo sforzo.

Uno dei bambini scivolò e il petrolio gli cadde addosso, bruciandogli la pelle della pancia. Iniziò a piangere mentre noi rimanevamo in silenzio. Temevamo che gli uomini con la divisa bianca potessero arrabbiarsi e mandare all'aria il nostro accordo.

Il bambino si rimise in piedi soffiandosi addosso, andò a sedersi su una pietra.

E i tuoi soldi? gli chiedemmo.

Non li voglio più, disse.

Per un istante anche Lisha rischiò di scivolare sul terreno oleoso. La salvai afferrandole il polso con fermezza e riuscii a evitare che si facesse male. Lei mi guardò senza dire niente. La sua fronte era costellata di goccioline perlate.

Durante uno degli andirivieni il bambino seduto sulla pietra mi chiamò.

Mayu, mi disse, e io riconobbi. Era Joao, il figlio di Dona Bertha. Aiutava sua madre a vendere manioca e canna da zucchero al mercato.

Mayu, mi confessò, mi brucia tutto.

Si alzò la maglietta e sul suo pancino vidi il rosso acceso della carne infiammata.

Stavo ancora portando due secchi quasi pieni, mi spostai dal sentiero per aiutarlo. Devi lavarti, gli ho detto, non puoi restare così. Vai al villaggio e prendi l'acqua. Ma sapevo che il mio consiglio era inutile. Come avrebbe potuto trovare dell'acqua se il fiume era completamente morto? Gli tesi la mano e lo aiutai ad alzarsi con difficoltà. Se mia madre lo avesse visto, di sicuro avremmo potuto dargli un po' di quella che era avanzata dal giorno prima.

Ma dovetti fermarmi. Un grido mi scosse le viscere.

Uno dei bambini si avvicinava gridando. Vidi l'espressione di terrore sul suo volto. Ad un tratto mi resi conto che era il mio nome a risuonare dalla sua bocca, crescendo come un'eco al contrario. Quando fu abbastanza vicino potei vedere le lacrime bagnargli le guance e il moccio colargli dal naso.

Tua sorella è caduta, balbettava. È caduta nel fiume. Ci precipitammo verso il ponte di legno. Erano tutti affacciati verso il basso, dove l'olio nero si agitava in un mulinello confuso e rendeva impossibile distinguere le forme. Gridai il nome di Lisha e il fetore pungente del petrolio mi invase la bocca. D'istinto scavalcai la staccionata per lanciarmi nel fiume, ma nella foga del momento il mio sguardo si posò su Joao. Mi aveva seguito nonostante il dolore. Rividi le piaghe sul suo addome. Se mi fossi lanciato, con tutta probabilità sarei morto prima di riuscire ad aiutarla.

Legammo i secchi con le corde e li lanciammo in direzione di Lisha per darle modo di aggrapparsi a qualcosa. Mentre aspettavamo con impazienza che una delle corde finalmente tirasse, ricordai mia sorella rivolta verso la foresta, come piaceva a lei, con gli occhi chiusi e la bocca aperta verso l'Amazzonia. Talvolta si avvicinava agli alberi e parlava con loro lentamente, sempre nella lingua di papà. Qualcuno pensava che ci fosse qualcosa di sbagliato in lei. Ebbi paura di perderla in quel modo, che la morte me l'avrebbe portata via prima di scoprire la verità su tutti quei misteri.

L'acqua, a poco a poco, iniziò a riprendere il suo stato di quiete. Vedendomi così disperato, Joao mi incitò a sbrigarmi ad andare al villaggio perché magari avrebbero ancora potuto salvarla.

Nella mia mente apparirono grandi ospedali come quelli della capitale e decisi di rifugiarmi in quella flebile speranza. Lasciarmi il ponte alle spalle mi costò una fatica inspiegabile. Sentivo che stavo tradendo mia sorella ma dentro di me sapevo che le cose erano arrivate al punto in cui chiedere aiuto era la cosa migliore da fare.

Il commissariato del villaggio era piccolo, le pareti di fango erano state dipinte di verde chiaro. Sul tetto spiccava una bandiera del Perù che non sventolava, era lì, sporca e inerte, attorcigliata all'asta. Accanto alla porta un agente fumava una sigaretta, appoggiato al muro. Al mio arrivo si ricompose, si mise dritto alzando il mento. Gli raccontai tutto tra i singhiozzi e l'affanno facendo segno verso la foresta. Lui con un sospiro mi portò all'interno dove un ufficiale grasso con i baffi sottili stava seduto a una scrivania, accanto a un ventilatore. L'agente gli riferì la mia tragedia con un tono distante, dipingendola come un avvenimento qualsiasi. Mi diedero un bicchiere d'acqua e raccolsero la mia deposizione. Avrei voluto sbraitare, fargli capire che mia sorella poteva ancora essere salvata se si fossero dati una mossa ad accompagnarmi al ponte, ma l'ufficiale grasso si limitò a scarabocchiare su un foglio un riassunto degli eventi. Lisha è ancora lì, sta morendo, dissi. A quel punto mi suggerirono di tornarmene a casa, il giorno dopo si sarebbero occupati di parlare con la compagnia petrolifera per il rimborso delle spese funerarie: dovevo dire a mia madre che non avrebbe speso nemmeno un *sol*.

Lasciai l'ufficio a tutta velocità inciampando nelle pietre del sentiero sterrato che portava al municipio. Al mio arrivo, mi imbattei in una ventina di persone all'entrata che mi guardarono con un'espressione costernata. Dedussi che si era già sparsa la voce dell'incidente di mia sorella. In effetti, mi bastò solo presentarmi. Subito, due donne mi abbracciarono per porgermi le condoglianze. Ma se non è morta, risposi, so che sta lottando e possiamo ancora fare qualcosa. Mi accompagnarono nella sala principale e mi offrirono una manciata di coca, ma non l'accettai. All'improvviso apparvero due uomini. Uno di loro indossava una camicia con le maniche arrotolate e un cappello. L'altro era calvo e in abito nero. Si presentarono come il capo della comunità e il sindaco. Gli chiesi aiuto spiegando a gran voce che la polizia mi aveva male interpretato e ripetendo che Lisha era a due ore di distanza all'interno della foresta. Mi ascoltarono e andarono in un angolo della sala a discutere a bassa voce. Poi, una volta tornati, mi dissero di non preoccuparmi e che il giorno dopo avrebbero parlato loro stessi con la compagnia petrolifera. Insomma, per le spese funerarie, aggiunsero.

Scappai anche da lì. Nel tragitto verso il ponte, vedendo che il cielo si stava scurendo, iniziai a piangere. Immaginai il corpo di Lisha trasportato via dalla corrente lenta, spessa e nera, sotto la superficie dell'acqua, insieme ai pesci, le anguille e le tartarughe morti.

Giunto sul fiume, vidi delle luci galleggiare come per magia su entrambe le rive. Mi avvicinai ancora e mi resi conto che erano lampade al kerosene. Gli abitanti del villaggio camminavano nel fogliame nero, cercando il corpo. Incontrai mamma qualche minuto dopo, quando riuscì a liberarsi da un gruppo di donne che la stavano abbracciando. Respirò a fondo accarezzandomi il capo. Mi fece promettere che, una volta cresciuto, avrei abbandonato quella *foresta maledetta*, la definì così. Solo in quel momento mi resi conto che il petrolio la copriva fino alla vita. Sì, mamma, le risposi.

"Ingegnere?" la voce profonda di Joao mi rimbalza al presente, all'improvviso.

La capanna in cui vivevo con mia madre e Lisha si regge ancora in piedi. Non sembra vero, dopo tanti anni. Il pavimento è ricoperto di escrementi di uccelli e il legno delle pareti è gonfio di acqua piovana ma, in un esercizio di nostalgia, è semplice riuscire a riassemblare tutto. Ricordo mamma, che raccoglieva il caffè instancabilmente per mandarmi a studiare nella capitale. Credo proprio che non riuscirò mai a capire fino in fondo l'enormità dei suoi sacrifici.

"Non mi chiamare ingegnere, Joao, per favore."

"Va bene... Mayu."

La morte di Lisha mi aveva fatto avvicinare a Joao, il bambino con le ferite sulla pancia. Potremmo dire di esserci adottati a vicenda per riuscire a sopportare la dura vita della foresta. Da quando sono partito per Lima, appena conclusa la scuola, abbiamo sempre trovato un modo per mantenere i contatti tramite i social. Io gli raccontavo dell'università. Non ha mai condiviso la mia passione per l'ingegneria chimica, ma ha celebrato tutti i miei traguardi come se fossero i suoi. Mi teneva aggiornato riguardo le persone del villaggio. In realtà finiva per raccontarmi sempre le stesse cose. Gli ho sempre voluto bene e per questo, dopo la morte improvvisa di mia madre, è rimasto l'unico legame con la mia terra natia.

Oggi Joao ha il volto grinzoso di chi non ha mai conosciuto altro se non la vita di campagna. Mi guarda senza capire fino in fondo cosa sono diventato. Forse è meglio così. Anche il suo corpo snello e abbronzato cammina nella capanna. Si volta verso di me e poi verso la finestra.

"Io e te abbiamo seguito percorsi molto diversi, Mayu. Tu studi la scienza del mondo visibile, io quella del mondo degli spiriti."

"Di cosa si tratta?"

"Del fatto che noi sciamani possiamo parlare con il fiume. E succede che queste acque ti hanno chiamato. È tuo dovere ascoltarle."

"Mi stai chiedendo di farmi di *yopo*? Non se ne parla. Io e le droghe..."

"Parli come uno di loro. È vero che i bianchi usano le piante sacre per divertimento, ma noi no. Avvicinati allo *yopo* con rispetto e lo *yopo* ricambierà con la sapienza."

Joao mi prende le mani. La sua pelle è calda e ruvida. Posso vedere le rughe che gli scavano il volto come solchi di pietra in una valle profonda.

"Ora cerco la sapienza in altre fonti, Joao."

"Mayu, la foresta ci parla e le piante sono il nostro udito. Se non trovi tutto ciò in nessun libro è perché i libri vengono scritti dalla scienza bianca. Renditene conto."

Scorgo una luce particolare nei suoi occhi. Non lo avevo mai più rivisto così dopo il giorno dell'incidente. La sua supplica è cruda, senza moine, né lamenti. Non c'è alcun dubbio, è un uomo che ha saputo soffrire senza mai abbassare la testa.

"Ho paura," le parole mi scivolano dalla bocca, sembra che la mia voce sia quella di qualcun altro.

"Tranquillo," dice il mio amico, "ti guiderò io, ho dei semi nel furgoncino."

La strada per il fiume è accidentata, ma Joao è un ottimo conducente. A un certo punto passiamo accanto a un contadino e io lo saluto. Joao fa lo stesso con lui e con ognuna delle sue mucche, chiamandole per nome. Quindici minuti dopo ferma il veicolo.

Apro la portiera e vengo accolto da un olezzo familiare, che altera l'aroma naturale di terra, resina e clorofilla.

"Un altro sversamento?"

"Da qualche tempo succede più o meno una volta l'anno. Le tubazioni dell'oleodotto sono in pessimo stato e non fanno niente per ripararle."

"E la polizia? Il sindaco?"

"La compagnia paga il loro silenzio. Tutto sommato corrompere le autorità gli risulta più economico rispetto a pagare le multe del Governo. Qui, chi riesce a ottenere qualcosa rimane zitto. Intanto, siamo noi altri a subire le conseguenze."

Camminiamo con lentezza mentre mi sforzo per non scivolare sul suolo oleoso. Giunti alla metà del ponte, Joao mi guarda con serietà.

"Ora chiedi il permesso a questa terra, chiedi che ci accolga."

Lo faccio tenendo gli occhi chiusi. Come è normale che sia, mettere da parte tanti anni formazione scientifica per entrare in contatto con il mondo spirituale mi fa sentire un po' stupido. Ad ogni modo, so che è qualcosa di importante per il mio amico.

Ci sediamo nel punto esatto in cui cadde Lisha, quella mattina di vent'anni fa.

Joao apre la sua bisaccia e tira fuori un piattino in argento lavorato a mano, ha la forma di una foglia. Vi adagia i semi di *yopo* e li tritura con un pestello di pietra. In una ciotola ovale, poi, brucia un mucchietto di foglie secche. Mischia la cenere con i semi polverizzati all'interno del piattino. Infine, prende dalla tasca un cucchiaino minuscolo e lo riempie con la polvere ottenuta.

"Ti lascio solo," mi dice porgendomi il cucchiaino, "sarà una cosa tra te e il Marañón. Rimarrò a guardarti dalla fine del ponte."

Detto ciò, si rimette in piedi e si allontana fischiettando nel sole di mezzogiorno.

Sotto di me si allungano le acque contaminate del Marañón. In alcune aree del fiume il petrolio stagnante ha assunto una tonalità cangiante. Non si vedono più neanche gli animali morti: gli sversamenti hanno eliminato a poco a poco ogni segno di vita animale. Con il trascorrere del tempo, queste terre si sono trasformate in paesaggi infernali. Non mi sorprende che sempre più famiglie abbandonino il villaggio. Comunque, l'odore delle sostanze chimiche non è molto peggio di quello dello *yopo:* la polvere si fa sempre più pungente mentre avvicino il cucchiaino al naso. Quando alla fine lo inalo, sento un acuto fastidio lungo le cavità nasali, che pochi secondi dopo si insinua nelle profondità della mia testa. Non posso evitare di tossire.

Poco a poco, il bagliore del mattino si spegne. I contorni degli oggetti si sfocano e perdono i colori, come fosse un segnale disturbato, una sorta di nebbia riduce tutto al bianco e nero. I muscoli del mio viso si seccano e si irrigidiscono in una smorfia asimmetrica. Sono una scultura di argilla. Riesco solo ad affondare il capo tra le ginocchia. Ora sono una spirale concentrata sulla mia stessa pancia. È saliva ciò che vedo scorrere tra le mie gambe? No. È vomito biancastro. Tremo.

Mayu, fratello.

Alzo la testa. Per fortuna riesco a controllare i primi effetti della trance. Riesco ad alzarmi a fatica, aiutandomi con la ringhiera del ponte.

Mayu, ascoltami.

"Lisha, dove sei?" cerco invano l'origine della voce prima di rendermi conto che proviene da ogni lato contemporaneamente.

Qui non esiste né dove né chi. Sono tua sorella ma al tempo stesso sono la foresta che ti circonda.

Sotto l'effetto dello *yopo* non faccio fatica a capirla. Sembra una forma di comunicazione logica e naturale, Antica. Un impulso irrefrenabile mi obbliga ad aprire la bocca e fare un respiro profondo, a mangiare l'Amazzonia e lasciare che inondi il mio corpo con la sua luce invisibile... proprio come faceva lei. La rivedo, il giorno della sua caduta. Vedo il suo corpo lottare nelle acque nere, affondare sconfitto e riposare tra la vegetazione sottacquea contaminata. Sento nella mia carne la sua decomposizione e per un istante mi trasformo nella corrente che trasportò i suoi resti lungo il fiume, lentamente. Infine, sono la terra dove si arenò per sciogliersi col tempo, e tornare a essere tutt'uno con la terra.

"È impossibile."

Gli anni hanno chiuso i tuoi occhi al mondo degli spiriti, Mayu. Concentrati. Lasciati aiutare dallo yopo, *e che faccia tornare il tuo legame con la terra.*

Convinco me stesso di essere di fronte a un'allucinazione frutto del mio stesso inconscio. Ma se così non fosse? Se esistesse davvero una verità non scientifica? Al sorgere di questi dubbi nella mia mente, il mio corpo mi ricompensa con una sensazione di calore e abbandono: riesco quasi a vederlo scomporsi in infinite particelle e fluttuare sul gran fogliame verde. Ora sono nel muso di un giaguaro, tra le ali di un'ara, nel pianto di un bambino indigeno. Ogni essere vivente ha la stessa importanza.

La mia nuova dimensione mi travolge e mi vergogno in silenzio del mio piccolo corpo fisico, così limitato eppure così orgoglioso.

Ringrazia lo sciamano che ti ha portato fin qui poiché è grazie a lui che sei nato. Adesso, sii messaggero, sii messaggio. Ci rivedremo non appena sarai pronto. Ti voglio bene.

"No, no, aspetta! Non lasciarmi!" dico, pur rendendomi conto che, da fuori, la mia voce suona come un borbottio incomprensibile. Sono i suoni della lingua di papà.

Sopra la visione monocromatica del paesaggio appare un brillante arabesco fucsia, sospeso sull'acqua come un gran fuoco fatuo e inizia a scomporsi in esagoni, che pulsano ed emanano riflessi di luce. Gli esagoni si mescolano, ruotano e si uniscono in una coreografia vertiginosa e io, nonostante tutto, mi diverto. Mi invade una pace immensa e ho la sensazione che il mio petto sia inondato da un liquido inesistente e freddo, senza materia.

Un conato spinge il mio corpo in avanti, mi fa espellere una gran quantità di vomito e mi forza a uscire dalla trance.

Come un neonato, vado a tastoni, quasi alla cieca, cercando qualcosa a cui afferrarmi. Le mie mani incontrano quelle di Joao: soffia verso di me il fumo del sigaro, che mi calma. Intanto, intona un canto icaro:

> *Non papan kape*
> *Kapetima 'inon*
> *Oxo 'irapanen*
> *Chona 'irapanen*
> *Kapetima 'inon*
> *Teatima 'inon*
> *'inon kana 'e*

"Era lei," dico tra lievi spasmi.

"Sei riuscito a capirla?"

"Penso di sì."

"Bene, bene."

Sulla strada del ritorno non riesco a dire neanche una parola di più. Il furgoncino sobbalza di continuo sullo sterrato sconnesso, il mio amico mi spia dallo specchietto retrovisore.

"Sapevi che il fiume mi chiamava con la voce di Lisha, vero?" gli chiedo prima di arrivare all'albergo dove alloggio.

"Non solo io. Tutti gli sciamani hanno notato che il Marañón ha cambiato voce. La differenza è che solo io ricordo la voce di tua sorella."

"Per questo mi hai chiesto di venire qui dopo tutti questi anni?"

"Sì."

Cala di nuovo il silenzio. Sento ancora i resti delle visioni aggirarsi nella mente. Tento ancora di trovare una spiegazione, qualcosa che non destabilizzi la mia concezione logica del mondo. Cos'era in realtà quella voce? E le strane visioni geometriche? Hanno un significato o erano rappresentazioni casuali, scarabocchi della mia stessa psiche? È normale sentire storie su frattali o su visioni di animali che popolano le esperienze con l'*ayahuasca*. Eppure, sono sicuro che questo è qualcosa di più di un mero gioco di percezione. In qualche modo, mi ha raggiunto come un segreto, come un sussurro della terra al mio orecchio non umano. Potevano essere la trama di un tessuto, una specie di mappa, o uno schema di...

"Ecco!" grido senza riuscire a controllare lo stupore.

Joao sobbalza, una brusca frenata ferma il furgoncino sul sentiero terroso, sollevando una nuvola di polvere pesante che si disperde verso il cielo della sera.

"Gli esagoni," dico a Joao ancora sconvolto dall'impressione, "formavano la figura... di un polimero!"

Arrivato nella camera d'albergo, accendo il portatile e inizio a cercare informazioni. Senza dubbio ciò che mi è stato rivelato in mezzo alla visione è un polifenolo, per la precisione un polifenolo naturale. Insomma, un tannino. Ma che c'entra con me? Cerco una soluzione ma finisco solo per trovarmi in vicoli ciechi.

Pervengo a uno studio scientifico che mi offre alcune indicazioni. S'intitola *Efficient and sustainable treatment of industrial wastewater using a tannin-based polymer* ed è stato pubblicato sull'International Journal of Sustainable Engineering. L'articolo parla delle possibilità dei polimeri naturali come alternativa ecologica per il processo di coagulazione dei rifiuti e la cosa migliore è che, ancor meglio, questo metodo permetterebbe di pulire l'acqua in modo semplice, utilizzando quasi esclusivamente i semi di una pianta a me sconosciuta, chiamata *nirmali*.

La mia mente comincia a vagare. E se potessimo sintetizzare un coagulante tramite la reazione di Mannich per ottenere un polimero con un peso molecolare più elevato? Se potessimo potenziare questo processo per creare una serie di *skimmers* artigianali, che ci permettessero di pulire l'acqua in sicurezza, senza dover dipendere dalla compagnia petrolifera? Certo è che non si tratterebbe di un progetto facile da realizzare poiché si sa poco riguardo la struttura e le proprietà di queste molecole. In effetti, lo sviluppo della tecnologia necessaria ad aumentare la produzione potrebbe richiedere diversi anni. Però, c'è qualcosa che mi lega allo studio del *nirmali,* da una prospettiva che va molto oltre quella scientifica. In un certo qual modo mi sento spinto a conoscere tutto circa le possibilità di questa pianta. Che tipo di porte si sono aperte nella mia coscienza?

Riesco senza alcuna difficoltà a trovare un'immagine del *nirmali* online. Il suo nome scientifico è *strychnos potatorum* e, di primo acchito, non si rivela imponente quanto immaginavo. La terra ha un suo modo di pensare distinto e comprendo che i suoi disegni non hanno motivo di rispondere alle nostre aspettative.

Devo liberarmi di questa idea assurda. Eppure, più guardo l'immagine e più cresce l'idea che la pianta voglia dirmi qualcosa.

Esco dall'albergo per fare quattro passi nel villaggio. Ho bisogno di mettere le cose in prospettiva e riordinare le vertigini delle ultime ore. Sulla porta del commissariato vedo un giovane agente fumare una sigaretta. Immagino un bambino corrergli incontro con la notizia che sua sorella è caduta nel fiume. Immagino l'agente che lo accompagna e condivide la sua fretta, assicurandogli che non è solo. Sono sicuro che quel bambino si sarebbe sentito meno vulnerabile e non si sarebbe caricato quella morte sulle spalle ancora deboli e immature.

L'agente mi vede passare e fa un altro tiro. Fumare qui è un vizio costoso. Se questo commissariato e tutti gli edifici governativi scomparissero, i benefici sarebbero maggiori delle perdite. Dopo tutto, le comunità amazzoniche hanno vissuto autogestendosi per migliaia di anni. Si tratterebbe solo di recuperare gli antichi modelli.

Sarebbe meraviglioso tornare al governo naturale degli esseri insieme alla terra e non soverchiandola. A qualche isolato di distanza un ometto dalla pelle bruciata esce dal municipio accompagnato da un tizio con un caschetto bianco. Con tutta probabilità l'ometto è il figlio del vecchio sindaco, erede di una lunga stirpe di autorità corrotte. Sul caschetto del suo accompagnatore, che si gira a guardarmi, distinguo il logo della compagnia petrolifera.

"Buon giorno, ingegnere!" urla da lontano.

"Buon giorno" rispondo. "Ha già saputo della rivolta dei *comuneros*?"

"Rivolta?"

"Ho sentito dire che si stanno organizzando. Prima di tutto, dicono di voler ripulire il fiume con i loro metodi, e poi rivendicare la propria terra."

Entrambi sorridono. "Siamo alle solite," aggiunge il sindaco.

Mi dirigo verso la fine del sentiero, dove inizia la vegetazione. "Stavolta è diverso. Fossi in voi, farei attenzione."

Mi addentro nel verde assoluto. Mi sento forte e tranquillo, come all'inizio di una battaglia. Penso a quanto mi costerà ristrutturare la vecchia capanna di mia madre. La immagino tornare alla vita, con il sole che si intrufola tra le crepe del legno e io sull'uscio, con gli occhi chiusi e la bocca aperta, respirando fino all'ultima particella della foresta.

Anura

di Karen Andrea Reyes

Karen Andrea Reyes (Bogotà, 1995), social communicator e giornalista, ha conseguito un master in Creazione letteraria presso l'Universidad Central. Il suo primo romanzo di fantascienza Zen'nō *è stato pubblicato in Colombia da Ediciones Vestigio (2020) e in Spagna da Orciny Press (2023). I suoi racconti sono stati inseriti in diverse antologie in Colombia, Spagna, Argentina e Cile.*

Sono trascorse quattordici settimane da quando ho aperto la busta. La filigrana col logo della prefettura era sovrapposta al documento e ne cancellava un terzo, ma l'ora, il luogo del colloquio e la nota a piè di pagina sulle pene in caso di diserzione erano leggibili. Prima di allora non immaginavo che eludere il decreto sull'impiego obbligatorio fosse illegale. Avevo una buona giustificazione per essermi trasferita in una zona rurale non censita: era una questione di sopravvivenza e prevenzione contro gli allergeni prodotti dal contatto sociale. In che modo avrei potuto contribuire in società se io stessa mi trovavo bene con gli effetti della grande recessione? Non avendo un'occupazione stabile, non ho perso né una carica importante né lo status di un titolo accademico; tantomeno ho una famiglia o degli amici che avrei potuto aiutare con i miei risparmi. Per tre anni, ho potuto vivere serena in una capanna, nutrendomi di semi, frutta, piante e cereali.

Nella busta, oltre alla lettera, c'erano sei moduli stampati su fogli di carta con caselle già compilate (non da me). Nell'ultima pagina erano definite le mie mansioni, che ho riletto con la curiosità di trovarne almeno una che avesse qualcosa a che fare con la mia persona. Grosso modo si adattavano agli interessi che i miei genitori e gli insegnanti avevano indicato per autorizzare il mio livello scolastico. Avrei potuto, in qualche modo, adattarmi e impersonare l'impiegata media: monitorare, registrare, riferire.

Cinque giorni lavorativi dopo l'arrivo della lettera, è apparso il furgoncino delle risorse umane. Ai miei occhi, le auto apparivano ormai come oggetti estranei: centinaia di migliaia erano state abbandonate sulle strade delle cordigliere e nei terreni paludosi. Alcune erano state smantellate e i pezzi erano stati utilizzati nei rifugi temporanei secondo le necessità.

Il soldato si è avvicinato a me con l'atteggiamento di chi cerca di convincere un animale randagio.

"Benvenuta! Apponga l'impronta dell'indice qui e poi qui."

Mi ha consegnato un biglietto con il numero del posto assegnato: A2. Il furgoncino aveva solo un altro posto: A1.

Poi, mi ha mostrato un cartellino con il suo nome e la sua qualifica: assistente alle risorse umane, alloggio per lavoratori 102. I suoi gesti erano così insistenti che sembravano richiedere un'attenzione monolitica, eppure, l'uomo si muoveva con grazia mentre fotografava la facciata della capanna, compilava a mano lunghi moduli, mi chiedeva un campione di sangue, un altro di saliva e una descrizione dettagliata della mia giornata tipo. In più, il suo accento non corrispondeva a quello di nessuna nazionalità o cultura di mia conoscenza.

L'autista ha messo in moto l'auto senza rispondere al mio saluto: era calva e indossava una divisa blu. Il soldato mi ha invitato a sedermi e, quando l'ho fatto, ha puntato l'indice verso l'alto: sul tettuccio del veicolo era stampata l'immagine di un Anuro.

Gli occhi scuri e la bocca sdentata erano stati sostituiti in malo modo in un montaggio fotografico e umanizzato: aveva un sorriso irreale, celato da sfocature ed effetti sulle gengive. Era come se avessero tentato di mascherare l'incompatibilità dei denti con la mascella anfibia. Per contro, la pelle arancione era accentuata e portata all'estremo della saturazione.

"Anuri: mille volte meglio degli umani. Lo conosce? È il nostro prefetto." Ho scosso la testa e ho rivolto lo sguardo verso casa mia, visibile dal finestrino, sperando di tagliare la conversazione. Il luogo dove vivevo sarebbe finito in preda alle erbacce, consumato tra i rami, inghiottito, come da un polpo. Ho sentito una stretta allo stomaco. Il soldato ha insistito: "È stata via molto tempo, vero? Pensavamo che non l'avremmo trovata, ma la bontà dell'amministrazione è ineluttabile, e ciò significa l'uso di tutte le nostre risorse. Mai più! È la promessa: i lavoratori non saranno mai più abbandonati!"

Mi sono appoggiata allo schienale. Le sue scarpe erano lucide, i miei piedi, invece, erano nudi, pieni di terra e peli sulle dita. Mentre li piegavo e li infilavo sotto il sedile, l'uomo è sembrato allarmato.

"Non ci saranno problemi, le ripeto, mai più. Nella struttura: vestiti e igiene. Nella struttura: cibo e soggiorno. Nella struttura: un cubicolo comunitario per rafforzare i legami. Questo è stato reso possibile grazie ai nostri dirigenti. La povertà? La disgrazia della disoccupazione? Mai più. Per tale dono, cerco di omaggiarli con ogni gesto, parola e azione; sono il nostro esempio, meritano le forme più autentiche di riverenza."

Ho sorriso senza prevedere il tic che ha finito per dominarmi la guancia. Sembrava soddisfatto, ha trascorso il resto del viaggio ad ammirare la foto, intervallando frasi incoerenti ad applausi. Ho cercato nelle sue espressioni qualche residuo dell'umanità che aveva abbandonato da tre anni, ma aveva davvero sviluppato bene le sue doti di imitatore degli Anuri; sotto la luce del sole, la sua pelle secca arrossiva, pronta alla muta.

La foresta di tanto in tanto lasciava intravedere le sommità degli edifici. Erano rustici, ma senza rinunciare a certi dettagli sfarzosi: vetri polarizzati, porte solubili, scheletri delle statue delle città antiche e sequenze pittoriche scolpite sulle colonne, i cui volti luminosi cadevano sul terreno piatto. Tra i soffitti lisci spuntavano piramidi enormi, incastonate nelle catene montuose più alte.

Il soldato mi ha scortato fino all'ingresso dei bagni, mi ha consegnato una tuta dello stesso colore della facciata degli edifici e un kit di benvenuto con prodotti igienici.

"Si presenti tra due ore all'ufficio del suo superiore, il dottor Ye."

Il dottor Ye era un cubano cresciuto dagli Anuri. Il suo accento era più comprensibile di quello del soldato e, a causa dell'intensità e del volume della sua voce, era inevitabile ascoltare le parole che proiettava nell'aria.

Mi ha fatto i complimenti per il mio "aspetto vintage", per la sobrietà in linea con il codice degli alloggi per lavoratori e mi ha definito come una donna dura, essendo sopravvissuta in montagna, in condizioni "selvagge e indigenti."

I termini del contratto erano gli stessi per tutti i protetti.

Turni continuativi con tre pause: 5 ore di sonno ristoratore tra le 23 e le 4 del mattino, un'ora per i pasti e un'ora per l'igiene e la cura delle strutture.

Lo stipendio? Inesistente.

"Stipendio?!" Le fauci del dottor Ye si sono aperte come le trappole di una pianta carnivora. "La nostra remunerazione è di natura trascendentale. A breve dovrai leggere il manifesto della prefettura. L'anuro-sindacalismo garantisce la piena autorealizzazione dell'individuo tramite il proprio lavoro. Ognuno è dedito alla sua vocazione senza distrazioni: non si pretende nient'altro, se non di perseguire il sogno dell'evoluzione dell'ecosistema. L'impero dell'oro è caduto e, in cambio, abbiamo trovato un destino più nobile: ogni protetto si fonde con il proprio mestiere, il suo obiettivo è la trasformazione."

Ho ricevuto il mio cartellino, c'era uno spazio vuoto per una foto.

La mansione: revisore microscopico.

Ho sollevato le ultime pagine del contratto: c'erano già la mia firma e le mie impronte digitali, entrambe prese dai documenti d'identità. Mi sembrava di avere le dita dei piedi nude, in realtà percepivo l'assenza del terriccio e il numero di scarpe sbagliato.

Il dottor Ye mi ha stretto le mani mostrando i denti come un animale rabbioso. Dalle sue gengive viola pendevano sottili fili di sangue. Era ferito o malato?

L'allarme ha suonato segnalando che dovevo lasciare l'ufficio.

Un sentiero di pochi metri mi ha condotta al mio alloggio per lavoratori, una bio-costruzione di calce e sabbia, a forma di igloo. Dalla facciata scendevano violacciocche giganti che si aprivano alla luce del mezzogiorno; gli steli del chan e del damüí erano agglomerati sui tetti e creavano una rete vegetale che si collegava con le altre residenze e che serviva per appendere decine di bandiere con lo stesso messaggio:

Devo ricordare il manifesto del revisionismo operaio, devo recitare il discorso di insediamento del prefetto, devo elencare le qualità

BIOLOGICHE CHE GARANTISCONO LA VIRTÙ DEI CAPI E LASCIANO PRESAGIRE UN MANDATO PROPIZIO.

Un segnale elettrico mi ha preso alle spalle e si è diffuso fino alla testa, provocandomi un dolore lancinante. Ingobbita, ho attraversato la porta e mi sono accodata a una fila di protetti in attesa di collocazione: mancavano solo tre minuti al primo turno.

La maggior parte del nostro lavoro consisteva nell'assicurare la vita e lo sviluppo di trilioni di microrganismi che venivano coltivati in ambienti controllati.

Gli Anuri vigilavano su un corretto equilibrio eco-sistemico verificando l'andamento, l'efficienza e le variazioni dei sistemi biologici. Ogni giorno, il nostro dipartimento riceveva dei campioni da registrare e analizzare in base a specifici parametri di valutazione. Se i valori non corrispondevano, inviavamo una notifica con un'ipotesi da far valutare da dei supervisori. Un errore avrebbe potuto implicare gravi conseguenze: le piante erano classificate in un catalogo che comprendeva già quasi cinquecento specie e venivano piantate a rotazione, secondo uno schema stagionale che non poteva essere interrotto; la fauna richiedeva un controllo più rigoroso: era consentita la presenza indiscriminata solo di insetti, rettili e anfibi, mentre uccelli e mammiferi potevano circondare il territorio, senza entrarvi. L'unica eccezione era quella degli animali umani: godevamo del privilegio di stare lì grazie al nostro instancabile lavoro.

Il minimo cambiamento ambientale avrebbe potuto causare la migrazione della specie selezionata o un tentativo di invasione da parte di nuovi esseri. Qualcosa di simile succedeva con il cibo, i medicinali e i prodotti elaborati nella prefettura: tutto dipendeva dai piccoli organismi, "base dell'armonia e garanzia di sopravvivenza."

Col passare dei giorni, mi sono abituata alle innumerevoli facce disinteressate al contatto visivo che proferivano parola solo in termini transazionali. Il tempo libero era ridotto al sonno per cui le relazioni sociali erano messe da parte. Amicizie? Possibili, ma era facile spezzarle per la loro monotonia. Storie d'amore? Sesso? Molto inconsueti. L'atmosfera della prefettura era piena di interferenti endocrini che rendevano i picchi ormonali piacevoli come un malanno: l'energia disponibile veniva reindirizzata verso il lavoro, e ciò che restava ci cadeva addosso come una frustata. Essere protetti significava perdere gran parte delle nostre categorie e attività individuali: l'unica cosa da fare era ricordare la posizione del proprio alloggio all'interno della struttura e tenere a mente i propri obblighi nei suoi confronti. Almeno, questo era ciò che i soldati e il dottor Ye ripetevano.

"Amministrazione, funzionamento, qualità e controllo, responsabili, direzione."

"Dimentichi un livello."

"Abbi pazienza, non ho finito. Amministrazione, funzionamento, qualità e controllo, responsabili, direzione, leader virtuosi.

"Adesso, la perfetta divisione del lavoro."

"L'amministrazione pianifica, ordina e classifica dal livello di conoscenza più basso: la ragione. Gli operatori creano ecosistemi favorevoli allo sviluppo dei microrganismi che sostengono la comunità: sono i contadini del mondo unicellulare. Noi revisori riceviamo i risultati dai reparti inferiori, ne valutiamo la qualità e controlliamo l'incubazione dei microrganismi fino al raggiungimento del livello d'integrazione desiderato: siamo i supervisori dell'eccellenza. I responsabili e la direzione distribuiscono i raccolti secondo la meritocrazia e il livello gerarchico del personale: sono il ponte tra il mediocre e il redditizio..."

"E?"

"Ah, non lo so, l'ho dimenticato!"

Hache si è sbattuto il manuale contro le ginocchia.

Io e Hache siamo stati arruolati a pochi giorni di distanza. Entrambi eravamo estranei al dialetto post-recessione ed entrambi eravamo stati classificati come "evasori involontari" del decreto sull'impiego obbligatorio. Dal momento in cui ha varcato la porta del 7-11, la nostra stanza nell'alloggio dei revisori, il dolore mi ha dato tregua e ho intuito che solo accanto a lui il mio corpo avrebbe avuto pace.

"Tranquillo, avremo un mese di tempo prima che ci buttino nella mischia. E comunque continuerò a rimanerti accanto."

"Mi fa incazzare quando mi vedi così, come se fossi un totale imbecille."

I suoi occhi neri da orso Kodiak si sono voltati dall'altra parte. Quella stessa irriverenza veniva ignorata dai superiori e tollerata dai colleghi protetti, che la trovavano rinvigorente. Di fronte alla sua eccessiva sicurezza, mi accertavo che tenesse bene a mente di mantenere un profilo basso quando era vicino ai capi e al prefetto: avrebbero potuto identificarlo come un potenziale dissidente.

"...e le conseguenze..."

"Ricollocazione, lavori forzati sotto lo status di prigioniero e digiuno temporaneo o permanente a seconda del grado di insubordinazione."

"Molto bene, Hache."

Un ricordo mi assale.

L'operatore tremava di fronte a una coltivazione fallita. La temperatura del lago aveva superato il limite consentito di mezzo grado, quindi l'uovo da cova si era riempito di un liquido torbido che aveva soffocato i microbi; io l'ho riferito, essendo solo alla mia terza settimana.

Il dottor Ye, affranto, ha elencato le sanzioni e ha atteso il verdetto di un Anuro incaricato dell'ultima ispezione.

La schiena umida del capo, metà uomo e metà anfibio, ansimava nel fumo, le tonalità dorate della sua pelle brillavano come fuochi d'artificio, i capelli neri e intrecciati erano decorati con le radici di un baniano amazzonico. Era alto circa due metri e mezzo, il cranio appuntito indicava che stava per raggiungere l'età adulta, e i miomeri del suo torace si aprivano a ogni espirazione mostrando le due vie di circolazione del sangue all'altezza del cuore. Il flusso più scuro alimentava i tessuti sul lato destro, una volta raggiunto il centro degradava e diventava una rete biancastra sul lato sinistro.

Si è avvicinato accovacciandosi; l'operatore è impallidito, sudava, era sul punto di svenire.

Senza un suono, l'Anuro è saltato sulla volta del soffitto e ha fatto qualche passo esplorandolo su tutte e quattro le zampe, senza vacillare o distogliere lo sguardo. Poi, si è tuffato nel lago di coltivazione e si è messo a nuotare, seguendo con le sue membrane la specie intorno al perimetro.

Bagnato dagli spruzzi d'acqua, il protetto ha avuto modo di nascondere le lacrime.

Il dottor Ye si leccava le labbra, forse volendo aprire la bocca; ho lasciato cadere il mio rapporto sul terreno umido in modo che si sciogliesse, forse così, il contadino sarebbe stato graziato.

Tornato in superficie, l'Anuro si è colpito il petto con la faccia di un capo che ha scoperto un tradimento.

"Non c'è vita. Neanche un segno di vita. Nemmeno allo stato più prematuro."

"Capo, questa coltivazione era in carico all'alloggio 453," disse il dottor Ye senza alzare ancora lo sguardo, "i revisori hanno condotto l'indagine corrispondente che includeva tre analisi microbiologiche distanziate, la cattura e lo studio dei campioni prelevati sulla superficie dell'incubatrice e quasi cento interrogatori effettuati in diversi reparti. Da questo rapporto abbiamo concluso che la perdita di questa coltura, preparata per due anni, tre mesi e quattro giorni, è stata causata da un triste errore umano da parte dell'operatore...."

Nervosamente, il Dottore ha raccolto il rapporto dal pavimento. I fogli umidi si sfaldavano come la buccia di un frutto maturo. Il capo ha girato intorno a noi, poi ha iniziato a parlare.

"Attenzione. La virtù del lavoratore è la massima attenzione. Quando si sveglia, sa di essersi svegliato. Quando mangia, sa di mangiare. Quando lavora, la sua mente e i suoi sensi sono al servizio del lavoro. Nient'altro. Non esistono scenari lontani. Non esistono pensieri che vagano e si perdono in un'ellissi. La disattenzione porta alla morte...."

Con le quattro dita e i cuscinetti nuziali ha raccolto i grumi di carta. La pupilla verticale si è assottigliata, mettendo a fuoco il mio viso.

"...la disattenzione porta alla morte" ha ripetuto.

Uscendo dal caveau, il dottor Ye ed io abbiamo attraversato i sentieri senza dire una parola. Ho notato che aveva le mani livide, ma quando gli ho chiesto se avesse bisogno di cure, ha inclinato la testa e ha cercato di trattenere una risata ironica.

L'ordine era stato esplicito e ineludibile: l'Anuro voleva rimanere da solo con l'operatore, i due sarebbero stati gli unici a conoscere la condanna.

Avremmo potuto omettere l'errore umano dal rapporto? Un cambiamento accidentale della temperatura non sarebbe apparso come una grossa stranezza; alcuni raccolti erano stati rovinati da condizioni meteorologiche avverse e nei rapporti venivano rimossi come se non fossero mai esistiti. Dopo tutto, rappresentavano un minuscolo margine di errore in mezzo a migliaia di casi di successo.

Da allora ho iniziato a sognare l'operatore: lo vedevo inginocchiato sulla riva del lago. Di volta in volta, il capo gli risucchiava la faccia con un colpo di lingua, il capo trasudava un veleno mortale dai pori, il capo prendeva l'operatore tra le braccia e lo affondava nel lago, il capo si avvolgeva intorno al corpicino dell'uomo come una vipera e lo soffocava, il capo lo esiliava nel territorio degli animali selvatici, il capo lo costringeva a vivere tutto solo in un cunicolo abbandonato... il capo, il capo, il capo.

A ogni raffica onirica mi svegliavo madida di sudore, la febbre non raggiungeva mai i 38°C, ma bastava a farmi sentire i muscoli e le ossa incandescenti.

Nessuno dei miei incubi è diventato realtà. L'operaio dell'alloggio 453 è comparso due settimane dopo: era calvo e indossava una divisa grigia. Contro ogni aspettativa, era in fila al ristorante nel suo vecchio reparto, per quanto fosse ovvio che era stato trasferito.

Mi sono avvicinata senza pensare a cosa avrei potuto dirgli. Aveva un'enorme vescica sul collo, una cicatrice a "s" spiccava sulla sua testa, e nei suoi occhi iniettati di sangue, scorgevo dei minuscoli vasi che somigliavano a piccoli ragni viola e neri: la sua presenza incombeva su di me come i raggi del sole ed era sul punto di bruciarmi.

Prima che potessi dire qualcosa, mi ha sputato in faccia, ha lasciato cadere il vassoio col cibo e se n'è andato lungo i sentieri.

Ho sentito una mano sulla spalla. Una donna mi ha allungato un fazzoletto e mi ha condotto all'unico posto libero del suo tavolo. Il suo cartellino diceva: "Lamia, analista della qualità."

Hache era seduto accanto a lei, infuriato alla vista delle mie lacrime, sottili come aghi di pino. Altri due revisori immergevano all'unisono i loro cucchiai in una purea di manioca fermentata.

"Tranquilla, un idiota come quello non se la passerà bene qui, come vedi sta già cadendo a pezzi. Almeno noi potremmo morire come vogliamo."

"Smettila di inventarti le cose, Lamia."

"Ma è possibile! Un giorno andrò in una delle coltivazioni e mi inietterò tutto il liquido che posso, finché i microbi non s'impadroniranno di me."

I protetti ridevano colpendo i loro vassoi. "Ah, possono anche prendermi in giro, ma è solo questione di logica, con una dose così alta, qualcosa dovrebbe succedere."

"Diventerai un Anuro?"

"No, Hache. Quando finirai i manuali? Pagina 150: l'origine degli anuri è biotecnologica. Per millenni, le popolazioni indigene che vivevano nel cuore delle foreste pluviali si sono evolute in maniera consapevole tramite un hacking scientifico."

"Una mutazione adattativa risultato della scienza dell'emulazione. Le tribù sono riuscite a far nascere la loro prole in uno stato ottimale e ibrido."

"Come avete fatto a impararlo a memoria? Sono a pagina 90 e ne ho già dimenticato la metà."

"Ti ci abituerai, ogni anno verrai calibrato da un computer olistico chiamato Teoria e sarà meglio per te avere tutte le risposte pronte."

"Teoria?"

"Non spaventare i novizi! Meglio parlare della parabola degli Anuri" un revisore è arrossito.

"No, no, non voglio confonderli con questi deliri religiosi. Da quanto tempo tu e Hache siete qui? Un mese e mezzo? Beh, da un lato è meglio che sappiate che conviene tenere le distanze dagli operatori, seguono una setta bizzarra e, secondo me, soffrono di una forma di schizofrenia collettiva."

"Si dice che facciano cose proibite nella piramide."

"Ho sentito dire che praticano riti sessuali dopo aver combattuto per ore."

"Disgustoso! Contro chi combattono?"

"Combattono tra loro e il vincitore ottiene 'il suo tempo' con una creatura che hanno trovato sottoterra."

Ridevano, disegnando segni in aria fino a rimanere senza fiato. Lamia ha tossito e uno sbuffo d'acqua scura le è uscito dalla bocca con un dente o due.

Ci siamo alzati dal tavolo e lei è corsa via con le mani sul viso, come se la mascella le stesse per staccarsi. Una colata di lava si è irradiata lungo la mia schiena convertendosi in un formicolio che mi ha intorpidito gli avambracci. Intontita dal dolore, ho sentito il liquido gocciolare sui miei piedi.

La mattina del mio secondo mese di residenza, mi è stata consegnata una mappa di tutta la prefettura come parte del mio addestramento. La superficie totale era di 258 chilometri quadrati, poco meno della metà corrispondeva a ettari abitati.

Il resto erano catene montuose, un circuito di sedici cascate, specchi d'acqua e due parami che, secondo alcune foto, erano separati da una nebbia cremosa.

Mi sono saltati all'occhio alcuni spazi vuoti tra le coordinate indicate sulla mappa: si trattava forse dei territori dove abitavano gli Anuri? Si facevano vedere di rado, il domicilio del prefetto era noto solo ai suoi pari, i leader virtuosi, e loro stessi apparivano in rare occasioni.

Cosa facevano nel quotidiano? Nuotavano come girini? Si riposavano su una riva fangosa seguendo la scia delle migliaia di microrganismi che interagivano con il loro DNA? Erano in grado di percepire i loro cambiamenti interni, se era vero che la loro specie stava compiendo una lenta transizione verso un nuovo passo evolutivo?

Ho immaginato il prefetto in letargo, in cima alla piramide più lontana. Da quel luogo poteva inviare ordini ai sogni dei suoi subordinati, disegnare bozzetti di piramidi future e cullare i microscopici abitanti delle sue colture con le onde della sua voce. Come un eremita che conduce una vita ascetica, non avrebbe dedicato neanche un briciolo del suo tempo alle faccende minori degli esseri complessi; avrebbe invece aspirato alla semplicità dei processi automatizzati dalla natura e del codice essenziale che lega ciò che esiste e poi lo dissolve.

Quando il mio sogno a occhi aperti è finito mi è venuto in mente che, quando ero bambina, gli Anuri erano solo una leggenda usata dai nativi per allontanare turisti e uomini d'affari dalle riserve naturali. Ora questi esseri, più anfibi che umani, governano l'intera area che una volta era l'America latina. Sebbene risuonino di continuo nei nostri discorsi quotidiani, nessuno conosce con esattezza la storicità del loro regime. Mentre restituivo la mappa, avrei voluto porre al dottor Ye qualche domanda al riguardo, ma i suoi occhi anneriti si erano stretti e si era voltato verso di me come se le mie parole fossero una frequenza lontana e incomprensibile. Era esausto, aveva perso peso, le sue labbra e i suoi palmi erano bluastri, quando camminava barcollava, come se dovesse affidare il peso del suo corpo a un unico lato.

Gli ho offerto il mio aiuto ancora una volta, aspettandomi solo silenzio da parte sua, ma in quell'occasione mi ha risposto: "Nel silenzio e nel rumore scopro che c'è una barriera tra il suono e il mio corpo. Tra il mio corpo e la luce. Tra il mio corpo e ciò che respiro. È come se fossi assordato o vivessi nella deprivazione sensoriale; sono trascinato da questa coscienza mummificata, inseguendo uno stimolo a cui non ottengo l'accesso. Per quanto ascolti, non sento, per quanto guardi, non vedo, per quanto tocchi, non percepisco. Se vuoi aiutarmi, dimmi come togliermi questa scarpa stretta, come consegnarmi."

Mentre il dottor Ye mi rivolgeva questa supplica, le pareti del suo ufficio sembravano contrarsi ed espandersi di nuovo con la cadenza di un polmone. Uno squilibrio nella percezione sensoriale che è diventato normale: nei giorni successivi potevo avvertire il mio corpo attraversare il pavimento o le pareti mentre camminavo, è diventato normale sentire, a volte, il sibilo delle piante e un ronzio basso nei condotti di ventilazione. Mi rivolgevo alle infermerie, ma ricevevo solo una prescrizione per l'avvelenamento del microbiota: una settimana di antibiotici e poi tornavo al programma nutrizionale bio-rinforzato. Il ciclo si ripeteva senza sosta.

La mattina presto mi riposavo sul petto di Hache mentre lui mormorava aneddoti della sua infanzia. Mi ha raccontato di un pesce che amava sua zia e si avvicinava alla riva del fiume per farsi accarezzare la testa da lei. Mi ha raccontato di un uomo che gli ha consegnato il suo orologio prima di gettarsi dal palazzo di fronte alla sua scuola. Mi ha raccontato di suo padre che ascoltava dischi in vinile e piangeva davanti a lui quando sentiva le canzoni di Sergio Denis.

Per aiutarmi a prendere sonno, elencava a voce alta i suoi divulgatori naturalisti preferiti: David Attenborough, Félix

Rodríguez de la Fuente, Jacques Cousteau, Sylvia Earle. Quando stavamo per addormentarci, aprivamo gli occhi per un'ultima volta e ci ritrovavamo: qualcosa dentro di noi, alla fine, si allineava.

"Un giorno te ne andrai. Quando lo farai, non dirmi addio."

"Nessuno può andarsene, Hache."

"Questo perché non hai camminato abbastanza. Hai visto qualche recinzione? A parte le trappole per gli animali selvatici, hai via libera."

"So come ci hanno portato qui. So che essere dei protetti è obbligatorio."

"Hai visto qualche guardia? No! Un giorno, quando ti prenderai una pausa dalla tua obbedienza, attraversa i sentieri e vedrai: non c'è niente che ti trattenga."

"Allora, potrei andare in cerca di uccelli e gorilla?"

"Sì, potresti. Io, invece, ho tutto ciò che mi serve: insetti, anfibi, rettili e tonnellate di batteri che trasformano il mio cibo in alcol."

"Manca solo un'ora prima del turno. Dormi."

Mentre giaceva su un fianco, ho notato un ematoma di quasi dieci centimetri coronare la sua spalla. Quando ho poggiato la mano sulla macchia, la sua pelle si è aperta come una coperta patchwork e il sangue che è uscito si è rappreso senza bagnare le lenzuola.

Non appena ha sentito la mia mano, Hache si è alzato, trascinando quella matassa di filamenti rossi e coprendo l'incavo del braccio con una mano pigra e tremante. L'immagine del suo corpo, attraversata dalla luce di una piccola lampada, non corrispondeva con i suoni dei suoi movimenti: quando apriva il rubinetto, sentivo i suoi passi vicino al letto; quando chiudeva la porta, lo sentivo schiarirsi la gola.

Qualcosa era cambiato.

Ho osservato con attenzione la sua sagoma davanti al lavandino, ho distolto lo sguardo per un secondo per poi guardare di nuovo. Hache non c'era più. Ho lanciato un'occhiata all'orologio: le 3:20; ho guardato altrove e poi ho riguardato: le 12:22. Non corrispondeva. Ho fissato il muro sgranato, ho distolto lo sguardo, e quando l'ho rimesso a fuoco ho visto la finestra della camera da letto. Ancora una differenza. Sentivo di non poter tornare a dormire. Sentivo che non avrei avuto un motivo per svegliarmi.

Sono tornate le fitte, questa volta avvertivo tutto il corpo compresso in una rete elettrificata. Nella mia mente ho visto l'immagine di un pesce che stava per essere squamato. Mentre il coltello gli raschiava la pelle, le branchie si sono aperte e si sono trasformate nella bocca di due neonati. Ho seguito il pesce cadere in un secchio di ghiaccio e ho sentito le mie ossa cristallizzarsi insieme a lui. Nel bel mezzo della paralisi, non sono riuscita a rendermi conto del momento in cui la mia stanza era scomparsa. Come un insetto intrappolato nella resina secca, cercavo di avanzare, di muovere le estremità e di avere la meglio sull'aria diventata cera. Ad ogni sforzo i miei tessuti si intorpidivano, fino ad atrofizzarsi. Dov'è la mia angoscia? In quale angolo del mio corpo si è rintanata tanta tristezza repressa? Non posso gridare, non posso piangere, posso solo raccontare di come si fratturano le mie ali, di come mi soffoca il palato di un uomo che si strozza con il mio cervello, di come i miei piedi sporchi bruciano attraversando le pendici dei vulcani. Un anuro mi osserva dal limitare della palude, il suo canto ricongiunge le parti di me che credevo smembrate. Gracidare. Riunire. Gracidare.

Sono tornata su uno dei sentieri che conduce agli alloggi dei lavoratori. Le foglie delle palme, i cespugli e le felci applaudivano nell'oscurità. In lontananza, vedevo i depositi incandescenti con i loro vapori, percepivo il calore delle larve, dei pili dei batteri, delle capsule e delle endospore in procinto di verdeggiare. Mi facevano di nuovo male i muscoli per i colpi sensoriali, gli sfoghi sulla mia pelle erano un vestito di piaghe e per un momento la mia lingua si è immaginata protrattile. Ho attraversato il terreno scalza e ho visto gli operatori feriti vagare come manciate di sabbia, come fasci di batteri accarezzati da un vento secco che mi dava il prurito. E i miei passi che lambivano le pietre mi mandavano i loro messaggi: "non così forte, non con tanta angoscia, cammina, ma non troppo." Non sono riuscita a adattarmi? Qualcuno di noi è davvero destinato a farlo? Volevo proseguire ma le mie articolazioni si sono arrese come se il mio corpo avesse un milione di anni. Sdraiata su un letto di caprifoglio, mi sono sentita fermentare.

Le violacciocche sono secche, senza petali sulle facciate, i miei ricordi hanno viaggiato come spore e si sono attaccati alle bandiere degli edifici, le montagne si sono allungate e hanno iniziato una danza erotica per poi cadere una sopra l'altra in masse di colore, di sabbia umida, di fango che sbuffava come un'orda di cavalli. Per la prima volta ho sentito il grido dell'alba e proprio mentre stavo per prosciugarmi, ho sentito delle braccia ruvide che mi sollevavano e cullavano dal centro della terra.

Sono passati tre mesi e mezzo da quando sono stata reclutata. Mi siedo su un picco enorme, perpendicolare alla Piramide più vicina. Da lì posso vedere i furgoni che trasportano i nuovi protetti e che tra pochi minuti scorteranno il prefetto alla sua prima visita al nostro distretto. Immagino il monologo delle reclute: "Un uomo importante, lo conosce? È il nostro capo. Che fortuna incontrarlo oggi, che gran fortuna..."

Tra i sentieri si organizza un carnevale, le pile dei nostri manuali riposano sugli scaffali, li abbiamo già memorizzati e presto saremo convocati per una valutazione pubblica guidata da Teoria.

Mentre osservo i protetti uscire dai loro alloggi, posso contare centinaia di ferite, ferite che trasudano come le crepe di uno scantinato allagato, arti amorfi e sproporzionati, una fiera di corpi tumefatti, di gesti che mi trasmettono scosse di dolore con i movimenti più lievi. Il dottor Ye si è trasformato in un groviglio di steli. È facile perderlo di vista mentre fa il suo giro tra i reparti e così la sua figura è intermittente, come un fasmide che si arrampica su una foglia rosicchiata. Una lacrima mi attraversa la guancia e con essa saluto le divinità che si generano nelle mie gambe devastate.

Hache mi stringe la mano e mi porge una stampella che ha trovato nei magazzini. I suoi occhi neri brillano a malapena e mi chiedo se siano mai tentati a trattenere un po' di luce. Camminiamo mano nella mano, ripercorrendo la scia di eczemi e croste che stanno per cicatrizzarsi. È bravo a nascondere i suoi segni sotto la tuta, la barba e le ciocche di capelli che gli ricadono con orgoglio sulla schiena. Tuttavia, al calare della notte, sarò io a vedere i suoi nervi scintillare come lucciole e su ognuno poserò un bacio che forse riuscirà a dargli sollievo.

POP UP

di Néstor Toledo

Néstor Toledo (Sarandí, 1980) lavora come paleontologo presso il Museo de La Plata, assistente universitario presso la Universidad de La Plata e ricercatore aggiunto presso il CONICET. I suoi racconti sono apparsi sulla rivista Axxon e nelle antologie Tiempos Oscuros n. 2 *(MiNatura , 2013),* Buenos Aires Próxima *(Ediciones Ayarmanot, 2014),* Mañana será diferente D *(LaOtraGemela, 2018) e* Próxima 10 Años *(Ediciones Ayarmanot, 2019). Il suo primo libro,* Umbral y océano y otros cuentos *(Ediciones Ayarmanot, 2014), racchiude racconti, un'intervista e disegni. In Próxima ha pubblicato i racconti* El túmulo *(#2, giugno 2009),* Genev y el dragón *(#4, dicembre 2009),* Encallado *(#6, giugno 2010),* Umbral y océano *(#15, settembre 2012),* La fiebre del que espera frente al despertar *(#22, giugno 2014),* Ecdisis *(#28, dicembre 2015) e* La luz que crece *(#32, dicembre 2016).*
Facebook: Nestor Toledo

Era rimasto imbottigliato tra un camion a guida autonoma e due taxi. Nella sua retina volò un altro minuto: la promessa di quei dollari extra stava svanendo secondo dopo secondo. L'ezrider gli suggeriva, con una freccia gialla sovrapposta all'asfalto, l'imminenza di uno spazio vuoto alla sinistra di una utilitaria. Diede un po' di gas per prendere lo slancio. Doveva essere un cacciatore di spazio. L'utilitaria si spostò verso destra e lasciò un canale aperto. La previsione era corretta, la freccia divenne verde. In quella frazione di secondo gli altri veicoli, avidi, iniziarono a muoversi a loro volta a gran velocità. Si lanciò in avanti senza esitazione, nel disperato tentativo di guadagnare qualche metro in più verso lo svincolo per Lima. Il suo campo visivo fu ostruito da striature verticali di un acido scarlatto. Una sagoma voxelata si gonfiò in quella luce insanguinata: sua madre, morta da quattro anni, fissata in quel momento in un gesto indefinito. Sapeva di non essere di fronte a qualcosa di reale, ma non potendo vedere gli altri veicoli, si spaventò. Iniziò a frenare e la ruota anteriore sbandò con un suono stridente. Borbottò un "la puttana di tua madre" e provò a raddrizzare il manubrio senza riuscirci. Sentendo la ruota posteriore staccarsi dal suolo, il suo cuore smise per un attimo di battere dal terrore. Un qualcosa dal peso incredibile cadde su di lui e seppellì il suo corpo in un'oscurità massiccia e umida.

Ivana e Orso scesero dall'ambulanza. Tutti si rivolgevano a Ivana, androgina nel suo camice turchese, chiamandola "doc" a scanso di equivoci e lei, tra sé e sé, ne rideva. Orso sembrava un incrocio tra un ragno e un panda, bianco e rosso. Aveva la parola SAME impressa su tutto il corpo, e a volte Ivana gli domandava scherzando se fosse sempre lui o no. L'ausiliario del traffico, in mezze maniche, tremava: aveva il tablet in mano e cercava di gestire il traffico. Una moto si stava raffreddando riversa al suolo, tra le schegge di plastica, l'acido della batteria e le *empanadas* al prosciutto e formaggio ancora calde. Dall'altro lato della carreggiata un autobus fermo, vuoto, coi segnalatori accesi. L'autista era seduto sul marciapiede con lo sguardo perso nel nulla. Una figura umana minuscola giaceva sull'asfalto coperta dalla giubba dell'ausiliario del traffico.

Sotto la giubba c'era un motociclista molto giovane, vestito di nero, privo di sensi. I suoi abiti erano vecchi e malconci, insanguinati. L'ausiliario li guardò procedere senza fare domande. La sua impellenza era liberare la corsia. Un drone della polizia arrivò sul posto e procedette a una fotogrammetria totale: volti, matricole, codici. Scese per scannerizzare la placchetta dell'assicurazione, incastonata nel casco del motociclista, la targa della moto e dell'autobus. Le luci azzurre erano abbaglianti, tanto da costringere Ivana a socchiudere gli occhi mentre lavorava. Fece una valutazione rapida della situazione. Respirazione stabile e normale. I vestiti strappati lasciavano scoperte delle escoriazioni e una ferita estesa e sporgente sul polpaccio. Gonfiarono un collare in gel attorno alla nuca del motociclista e si prepararono a caricarlo in ambulanza. Orso non aveva bisogno di aiuto per sollevarlo ma a Ivana piaceva contribuire ed essere cauta. Le braccia del robot con nove gradi di libertà maneggiarono il ferito e, senza muoverlo neanche di un minuto d'arco, lo sistemarono sulla barella. Ivana bloccò le sponde e regolò le cinture. Giunse sul luogo, ronzando, un secondo drone della polizia. L'ausiliario del traffico indossò di nuovo la giubba sporca sbuffando: la viabilità non sarebbe stata ripristinata in poco tempo, ma i colpi di clacson e le imprecazioni risuonavano rabbiosi. Sull'asfalto rimase, come uno specchio oscuro, una macchia di sangue.

Il lamento della sirena aprì uno spazio tra la massa di veicoli, l'ambulanza avanzò. Il motociclista si svegliò sbattendo le palpebre. Orso, con una micro-sega elettrica, stava tagliando il casco con grande attenzione per riuscire a sfilarglielo.

"Ciao, qual è il tuo nome?" chiese Ivana mentre gli controllava le pupille con una piccola torcia.

"Che è successo? Dove mi trovo?"

"Hai avuto un incidente, sei in ambulanza. Mi dici il tuo nome?"

"La moto! La moto!" piagnucolò.

Con la testa immobilizzata dal collare, i suoi occhi si muovevano in una ricerca angosciosa: incrociarono quelli del robot, che gli restituì uno sguardo sereno. Gli occhi di

Orso erano semi organici, umidi e placidi come quelli di un cavallo o di un docile cane. Guardarli ti faceva venir voglia di abbracciarlo e per questo Ivana lo chiamava Orso.

In quel momento Orso stava sistemando sonde e connettori al motociclista. Una flebo. Glucosio. Mentre gli parlava, Ivana passò l'eco-FAST lungo tutto il suo corpo.

"La moto è stata portata via dal carro attrezzi. Domani andrai a riprenderla. Come ti chiami?"

"Non lo so. Dove stiamo andando?"

"In clinica. Sai che giorno è oggi?"

"Mi sospenderanno! Devo scendere!" gridò il motociclista.

Ivana tagliò con le forbici i vestiti insanguinati. Sul polpaccio destro, attraverso un grosso taglio sanguinante, era visibile una lunga sezione del perone. L'avambraccio destro e il polso erano molto gonfi e quando Ivana li toccò, il motociclista si contorse dal dolore. Orso spruzzò una schiuma sigillante sulle escoriazioni della spalla, del braccio e sulla grossa ferita sul polpaccio. Per le fratture non c'era molto da fare, potevano solo immobilizzarle con le presse in gel. L'eco-FAST, però, mostrava un'enorme macchia ecogena nel quadrante superiore sinistro dell'addome, sotto il fegato. Aveva subito una rottura della milza e c'era un conseguente versamento di sangue nella cavità addominale.

Il motociclista si sforzò di alzare il capo dimenandosi.

"Non muoverti. Sei un po' ammaccato, ma non è niente di grave. In clinica ti visiteranno..." rispose Ivana modulando la voce nel tentativo di renderla più tranquillizzante possibile. "...Ti fa male la pancia? La spalla sinistra?"

Il ragazzo annuì, ma il suo pensiero era altrove.

"Voi non capite, mi sospenderanno, mi bloccheranno il soft, dovrò pagare il rinnovo, la moto... mia madre... mia madre è morta..."

I lacrimoni scesero fino al collare, portando con sé il sangue rimasto sulle guance. Ivana gli adagiò una mano sulla fronte e il motociclista si tranquillizzò. Informò la clinica:

Rottura splenica di quarto grado con emoperitoneo massivo, frattura spiroide esposta del perone destro, possibile frattura di ulna e radio destri, slogatura carpale destra con possibile frattura, lacerazioni minori in altri punti. Stato confusionale.

Ivana elencò ogni dettaglio usando il microfono laringeo per non spaventare il paziente. Non tutti i paramedici se ne preoccupavano.

Ricevuto. Risposero dalla clinica.

Ivana guardò dal finestrino verso la notte. Come una lingua di lava di un vulcano led, azzurra e rossa, la marea di veicoli accostava a mano a mano per lasciarli passare. Non si lasciò tradire dalla sua voce nel chiedere all'ambulanza:

"Non passa per l'Umberto I?"

Ha riportato una rottura splenica. L'Umberto I è piena di buche e dossi.

Era inutile discutere con un'ambulanza. Il motociclista continuava a piangere a voce bassa. Iniziò a tremare.

Calo della pressione sistolica per ipovolemia. Andrà in shock le comunicò Orso.

Ivana si chinò e premette una boccetta di gel rosso attraverso l'involucro in plastica intelligente del siero. Il motociclista sospirò e smise di tremare. Chiuse gli occhi.

"Arrivo previsto?" chiese Ivana all'ambulanza. Tornò a rivolgersi al motociclista:

"Stai tranquillo, non ti è successo niente di grave. Starai bene."

Tra dodici minuti, rispose l'ambulanza.

Ivana guardò Orso e il robot scosse il capo. Dodici minuti erano troppi. Il sangue continuava a espandersi a grande velocità nell'addorme e la pressione arteriosa scendeva in modo vertiginoso. Ivana alzò la coperta, srotolò una sonda. Aprì la giacca, tagliò la felpa e la maglietta con le forbici, lasciando il ragazzo a torso nudo. Aiutò Orso a connettere la sonda al reel del suo avambraccio destro. Orso allungò il quarto dito destro e praticò una rapidissima incisione addominale con il laser al diossido di carbonio. Inserì la sonda nella ferita, srotolandola mentre la spingeva verso la milza. Ivana lo guidava col sonografo. Il sistema senso-motorio di Orso equalizzava i movimenti dell'ambulanza per cui l'inserimento della sonda fu una dimostrazione di delicatezza e precisione impossibile da ottenere per mano umana. Una nube di schiuma sigillante uscì dall'estremità della sonda e l'emorragia a poco a poco si fermò. Il sacchetto del drenaggio sotto la barella iniziò a riempirsi di sangue. Quasi di sicuro, all'arrivo in clinica, il motociclista sarebbe stato sottoposto a una splenectomia, ma in quel modo il disastro nel suo addome si sarebbe fermato per il tempo necessario. Era arrivato il momento della sonda dei ricordi.

Ivana sistemò la corona magnetica sul capo rasato del ragazzo, puntellato di goccioline di sudore freddo. Due milligrammi di idro-cannabinoide sintetico. Orso premette su un connettore NHDplus nel plug nucale e attese il riconoscimento del software del sistema. A quel punto iniettò l'exploit nell'impianto neurale del motociclista e ottenne un profilo da amministratore per l'accesso ai dati della corteccia e alle connessioni con l'ippocampo. Ivana si sarebbe potuta imbattere in qualsiasi momento con un paziente seguito dal SIDE e in quel caso quella manovra le avrebbe portato qualche problema. Ad ogni modo, una direttiva interna del SAME la proteggeva. Le informazioni fresche riguardo l'incidente erano dati troppo preziosi dal punto di vista medico, non poteva rinunciarvi per meri motivi di spionaggio.

Sono pronto. Avvisò Orso. Ivana sincronizzò il suo sensore con quello del robot e si preparò, per l'ennesima volta, al toccante spettacolo delle informazioni neurali di un'altra persona proiettate nel suo cervello. Orso faceva da modulatore, filtrando il segnale e amplificandolo.

Nel momento in cui si connesse percepì un leggero tono cristallino di fondo, sovrapposto appena all'onda portante del canale neurale. Ivana sapeva benissimo cos'era. Stava attaccando Orso.

"Un bot d'intercettazione sta cercando di violare l'Assistente medico" mormorò.

Il mio firewall sta bloccando una serie di attacchi da un mittente vicino rispose l'ambulanza.

"Puoi eseguire una triangolazione?"

Si tratta di un drone senza matricola disse l'ambulanza. *Ci segue a una distanza di 40 metri.*

L'ambulanza proiettò un'immagine delle sue telecamere in un angolo del campo visivo di Ivana. Un'ombra poliedrica incorniciata di rosso volava a mezza altezza, era appena più opaca dello sfondo pixellato della notte. Giornalisti o sciacalli degli incidenti. In sostanza erano la stessa cosa, raschiavano ogni goccia di dolore trasudata dalla città e le vendevano in pacchetti kitsch ai Divoratori di dolore. La maggior parte di loro era adepta alla falsa compassione, alcuni erano squilibrati, sadici, sempre sul punto di perdere il controllo. Non c'era niente da fare. Lo scudo informatico delle ambulanze SAME era potente, ma i portali di notizie e i trafficanti di dolore ci provavano e riuscivano sempre a farla franca.

Ivana iniziò l'interrogatorio: con voce piatta poneva domande semplici e neutrali. La memoria era informazione fluida e in mutamento costante: ogni volta che un ricordo veniva risvegliato poteva essere sovrascritto. Il linguaggio medesimo lo trasformava e non c'era altro modo di guidare il processo se non attraverso la parola. La stessa evocazione dell'incidente avrebbe modificato il ricordo e lei lo sapeva, ma quel procedimento, oltre a fornire preziose informazioni per il trattamento immediato, aiutava i pazienti a uscire prima dallo stato confusionale e di shock. I responsabili dell'assicurazione avrebbero poi sistemato tutto per far coincidere i ricordi rielaborati con le riprese delle telecamere del traffico.

In un primo momento le parole del motociclista erano imprecise, poi divennero un po' più accurate. Le sensazioni arrivavano al cervello di Ivana a ondate, sconnesse come le risposte del giovane. Confuse, piene di rumori, simili a immagini ipnagogiche. Parevano vecchie diapositive macchiate, fluttuavano spettrali.

Riconobbe la strada sfocata dalle luci e dal movimento, le mani salde sul manubrio, le ruote, la notte. Sentì la vibrazione della moto tra le gambe, il freddo sul volto, la stanchezza. Sembrava di essere sott'acqua, in una laguna torbida. Nessuno dei contorni o dei colori era nitido o preciso, l'informazione visiva non veniva immagazzinata grezza come se fosse un video, né il suono come un audio: il cervello del paziente le ricostruiva in parte per rievocarle, mentre il cervello di Ivana le deformava nell'interpretarle. La voce del motociclista era ormai, a malapena, un tuono distante. Vide un accecante fulmine rosso, una donna dal volto impreciso sbucare dal nulla e poi la paura dell'oscurità assoluta. Il suo corpo si mosse in un brusco gesto di dolore e, stordita, si disconnesse. Si chiese quante altre volte avrebbe potuto procedere a quella manovra senza bruciarsi o diventare anche lei dipendente dal dolore.

L'intero procedimento durò meno di tre minuti. Orso aspettava, sistemando la sonda del drenaggio in silenzio. Quando il suo corpo tremò, il robot la afferrò con mano ferma ma delicata.

Hai visto? disse Ivana strofinandosi gli occhi.

Un annuncio pubblicitario invasivo e personalizzato, di quelli che fanno sciacallaggio sui ricordi della vittima.

E lo scoppio viola? Sembra un glitch.

Orso avviò una nuova analisi del sistema. Il motociclista aveva lo sguardo fisso verso il tetto dell'ambulanza, fluttuava sul limite tra veglia e incoscienza.

Il firewall neurale non è riuscito a bloccare il pop-up, c'è stato un glitch nell'unità di elaborazione visiva, il robot confermò.

È troppo personalizzato per poter essere legale. Ci sarà stato un veicolo emittente nei paraggi rifletté Ivana.

Di sicuro il camion dietro di lui. L'indirizzo IP era nascosto. Il firewall non è aggiornato. Prima o poi un pop-up lo avrebbe penetrato.

Risulta inadempiente da settimane, sta tirando avanti con la copertura minima gratuita aggiunse Orso.

Si può sistemare.

Orso guardò Ivana negli occhi, lei credette di vedere un'espressione complice. Nonostante la sua morale programmata, a volte, riusciva a essere così umano da far venire la pelle d'oca. Continuarono a guardarsi per qualche secondo in silenzio.

Si può sistemare accordò il robot.

Mancavano pochi minuti all'arrivo. Orso si connesse con il server della clinica e Ivana effettuò l'accesso, attraverso la sua interfaccia, come amministratore del software. Scaricò l'aggiornamento del firewall e lo caricò sul suo account. Con tutta probabilità, nei giorni successivi, qualcuno le avrebbe chiesto spiegazioni, ma avrebbe potuto farla franca sommergendo l'interlocutore di dettagli tecnici: Ivana investiva una grossa parte del suo stipendio nel suo firewall neurale, lo sintonizzava lei stessa. Tramite il cavo NHD collegò il suo plug con quello del motociclista e installò l'aggiornamento, pronto per attivarsi al riavvio seguente. Si trattava di un processo crudo e violento, ma funzionava.

Il motociclista respirava sommesso a metà tra la veglia e l'incoscienza. Fuori, la notte era una palude di bagliori, carrozzerie e clacson. Apparve un drone della polizia che, con le luci e la sirena, spinse i veicoli davanti l'ambulanza: pian piano si aprì un passaggio e l'ambulanza tornò ad accelerare. Il drone spia era sparito.

Il drone della polizia ci aprirà la strada per gli ultimi tre isolati. Una buona notizia.

L'intelligenza artificiale dell'ambulanza non era programmata per il sarcasmo, neanche sottile, eppure a Ivana scappò una risata.

La clinica si ergeva di fronte a loro come una cattedrale. I nuovi settori avevano divorato il vecchio edificio e torreggiavano alti come monoliti di cemento e vetro, illuminati di miseria e speranza. Scaricarono la barella nell'area del montacarichi al 24 novembre. Il motociclista sparì dietro le porte dell'ascensore accompagnato dai medici.

L'ambulanza girò fino al montacarichi di servizio. Scesero al quarto piano interrato, quello della manutenzione. Mentre scendevano si aprì il canale della Centrale. Uno dei supervisori inviò un'immagine presa da Sensotube. Otto minuti e aveva già cinquecentosettanta visualizzazioni. Si vedevano le mani sul manubrio, le frecce dell'ezrider, il lampo scarlatto attorno a una figura umana.

Era con voi? Chiese il supervisore. Ivana fece cenno di sì. Il supervisore, stanco, tagliò corto.

Mi dispiace tramisero all'unisono Orso e l'ambulanza.

"Non è colpa vostra. Dobbiamo chiedere un aggiornamento del firewall."

Arrivarono all'area di manutenzione. Era necessario aspettare un operatore dell'ospedale per la sterilizzazione dell'ambulanza prima di poter uscire di nuovo, il vaporizzatore di perossido installato non era sufficiente. Le ambulanze entravano e uscivano di continuo e Ivana scambiava brevi saluti con altri equipaggi. L'addetto alla pulizia arrivò con il suo vecchio sistema a raggi UV e ozono, loro scesero per lasciarlo lavorare. Attesero da un lato: Ivana seduta su un parapetto in alluminio e Orso in piedi, come qualsiasi altro robot. Trascorsi alcuni secondi, Orso si avvicinò a un erogatore in fondo a un corridoio e riempì d'acqua un bicchiere di carta. Tornò da Ivana e glielo offrì. Ivana lo toccò sul petto e lo ringraziò. Gli occhi del robot sembrarono sorridere.

Avevano cercato di dividerli varie volte per alcune invidie nel sindacato. I pazienti di quell'equipaggio avevano una maggior percentuale di sopravvivenza per cause imponderabili. I dati non mentivano e i direttori del SAME ne erano consapevoli. Erano ancora insieme.

Il canale della polizia lampeggiò nella sua retina. Ivana consentì la riproduzione dell'audio in copia alla Centrale.

Emergenza al Valentin Gomez tra Pueyrredon e Castelli. Uomo di età avanzata aggredito da un autista di un taxi. Ferite da taglio multiple, verosimile l'uso di arma bianca. Perdita di coscienza.

"Impianti? Protesi da segnalare?"

Impianto comm standard, due antenne ad alto profitto nel torso installate di recente disse il poliziotto laconico. *Una gliel'hanno strappata.*

Un emittente pubblicitario infiltrato concluse Orso.

Un altro, pensò Ivana. Persone disperate disposte ad accettare qualsiasi lavoro. Disposte persino a invadere gli altri con la pubblicità illegale con il rischio di essere linciati. Ivana immaginò un'altra pozza di sangue sull'asfalto. Un altro specchio oscuro a riflettere le luci della città.

Il ragazzo aveva concluso la sterilizzazione dell'ambulanza. Orso e Ivana salirono nell'abitacolo. Il montacarichi li portò di nuovo a livello strada, fuori la notte risplendeva furiosa. Accesero le sirene e uscirono.

Serviology

di Eva Van Kreimmer

Eva Van Kreimmer (Santiago, 1989) è lesbica, lavora come chimica farmaceutica ed è una scrittrice di fantascienza. Ha vinto due medaglie agli International Latin Book Awards (ILBA) e si è guadagnata il terzo posto al North Texas Book festival 2022, tutti per il suo terzo romanzo Sybille. *Ha pubblicato il romanzo pulp* El asesino del trauco. *I suoi racconti sono apparsi in varie antologie in Cile oltre che in Perù, Colombia e Messico. Ricorre alle sue conoscenze tecniche e, fondendole alla sua visione femminista e a difesa dei diritti LGBTIQ, scrive storie che mostrano i conflitti da vicino.*

L'industria internazionale del mercato biofunzionale d'avanguardia è approdata in Cile e tutti i prodotti utili a facilitarti la vita sono già disponibili: dai classici modelli di colf con potenziamento muscolare fino ai modelli più innovativi di esperti in idraulica, costruzione e pedagogia di base. Avrai un servizio professionale a portata di mano, ogni volta che ne avrai bisogno. Non dovrai più uscire di casa! Ricorda che la nostra sala vendita è aperta al pubblico a tutte le ore ed è stata realizzata dai migliori specialisti per darti l'opportunità di provare tutti nostri prodotti come se fossi a casa tua. Non c'è dubbio: i prodotti Serviology, la linea più innovativa del gruppo Zostok, sono tutto ciò che cerchi e anche di più.

L'annuncio era, senza dubbio, pensato per la trasmissione massiva sulle piattaforme di consumo digitali, eppure lo si poteva sentire di continuo dagli altoparlanti della sala vendite. Secondo il comitato esecutivo, un gruppo di identità dalla indiscutibile capacità di gestione rimaste sempre nell'anonimato, il discorso ripetitivo avrebbe conferito un tocco nostalgico e, allo stesso tempo, avrebbe influito sui parametri comportamentali: le vendite sarebbero aumentate in quantità, spesa e velocità.

I potenziali compratori non la pensavano allo stesso modo.

"Sono stanco di questo maledetto annuncio" si lamentò Rubén Malebrán mentre visitava il negozio insieme alla sua famiglia in cerca di un nuovo acquisto.

"Tutto ciò che cerchi e anche di più, papà" ripeté la piccola Isabel, sei anni, figlia unica della coppia che ormai non era più tanto giovane.

"Reimposta il tuo impianto acustico, non autorizzare la registrazione di suoni tecno-adattati così non sentirai più ciò che riproducono gli altoparlanti" gli suggerì sua moglie Alejandra.

Rubén lo fece senza commentare: in verità era infastidito dal fatto di non averci pensato per primo. Aveva quarantatré anni ed era un uomo super moderno: impianto acustico, mandibola artificiale con protezioni anticorrosive in ogni componente, ginocchia e spalle bionici, chip per il monitoraggio del battito e della respirazione con controllo da cellulare, impianti oculari per la visione notturna, sensori di radiazione e cambio di colore in base alla luce. Poi, beninteso, il sistema satellitare integrato nel cranio, sotto la sella turcica, per accedere a informazioni personali e pubbliche in modo immediato senza dover inserire le chiavi di accesso. Il suo scheletro era stato del tutto integrato in modo artificiale: a ogni molecola capace di incorporare un atomo di calcio era stato aggiunto un atomo di titanio, al fine di migliorare la resistenza e la forza dell'apparato. Un po' come la maggior parte dei suoi conoscenti, assumeva integratori alimentari fin dalla preadolescenza per ottimizzare le sue capacità mentali, migliorare la relazione tra i sistemi biologici e artificiali e aumentare le capacità cognitive naturali.

Sua moglie, pur essendosi sottoposta a qualche ottimizzazione nel corso della sua vita, non poteva competere col suo livello di perfezionamento. Per questo lui considerava assurdo di essere stato preceduto nel pensare di reimpostare l'impianto acustico. La realtà sembrava prendersi gioco di lui.

Alejandra lo lasciò perdere, conosceva bene il suo carattere arrogante: da molti anni aveva smesso di colpevolizzarsi per i vicoli ciechi in cui lui la trasportava. Se Rubén avesse avuto un problema si sarebbe lamentato, se fosse stata lei a risolverlo, si sarebbe lamentato lo stesso. In qualsiasi caso avrebbe tenuto il muso per un po' in qualche angolino. Con il tempo, Alejandra aveva imparato a godersi la vita quanto poteva e ciò includeva non prendere troppo sul serio suo marito. Del resto, nonostante alcuni scatti di incontrollabile arroganza, poteva considerarlo un buon marito: non avevano conflitti riguardo l'ordine e la pulizia in casa, era molto attento con la figlia e si mostrava quasi sempre felice di essere sposato con una donna intelligente e gliene dava prova. Eccetto, ovviamente, quando dimostrava di esserlo più di lui.

L'esposizione incorniciava una scena familiare: sembrava l'immagine congelata di una vecchia serie drammatica riprodotta in un computer guasto. L'ambiente appariva domestico e, in qualche modo, mancava di appartenenza. Erano in una sala da pranzo, in una casa che sarebbe potuta appartenere a chiunque e, di conseguenza, restituiva una sensazione di impersonalità: sembrava non appartenere a nessuno.

Architetti e ingegneri avevano lavorato duro per costruire una struttura che, almeno da fuori, non era proprio accattivante, ma all'interno aveva la particolarità di essere divisa in modo simmetrico in stanze uguali. Ogni spazio era stato separato in due da un polimero trasparente e arredato con grande attenzione con mobili, colori e decori, in maniera riflessa. In questo modo, i clienti accedevano a un ambiente all'apparenza comune e ordinario. Potevano passeggiare per le stanze: nella sala da pranzo, nel bagno, nelle camere da letto, proprio come avrebbero fatto a casa loro. La particolarità risiedeva nella funzione di quel polimero: era una delle pareti e, guardandovi attraverso, i potenziali compratori vedevano le stesse stanze in cui si trovavano, come in uno specchio. L'unica differenza era l'esposizione di articoli in vendita. In quel modo, i bioandroidi potevano muoversi in modo indipendente ed essere apprezzati in ogni dettaglio dai clienti senza rischiare di essere danneggiati.

"Cerchi qualche caratteristica in particolare?" chiese Alejandra con gli occhi puntati sui bioandroidi dall'altra parte del polimero trasparente.

"No, solo quelle di base: che abbia almeno tre scuole pedagogiche, un programma di riconoscimento comportamentale in modo che reagisca al meglio di fronte a una bambina in fase di crescita e un consumo energetico minimo, così che non ci costi troppo mantenerlo" rispose Rubén, ansioso di mostrare di aver già pensato a tutto.

"Genere?"

"Qualsiasi non binario, dall'aspetto androgino, per non creare stereotipi. I bioandroidi etnicizzati sono stati banditi, peccato! Avremmo potuto abituare Isabel fin da piccola a interagire con diverse etnie."

"Si può ma, come ben sai, è stato considerato un chiaro riferimento diretto ai periodi dello schiavismo."

"Ma come si può parlare di schiavitù se sono creati in provetta?"

"Non sono io a fare le leggi. Guarda: che ne pensi del modello lì all'angolo?" chiese Alejandra nel tentativo di cambiare argomento.

Rubén si avvicinò alla parete divisoria per osservare con attenzione. Era una figura robusta, coi capelli biondi. Non aveva molta barba e la sua carnagione, come per la maggior parte dei bioandroidi, era molto chiara a causa della mancata esposizione alla luce solare diretta. Era intento a sfogliare un libro accanto a uno scaffale con espressione tesa.

"Qui dice: potenziamento muscolare e abilità multiple" insistette Alejandra.

"No" Rubén rifiutò subito "tutti i bioandroidi con potenziamento muscolare hanno un consumo energetico alto, non ne vale la pena."

"Potrebbe aiutati nella manutenzione della casa."

"Mi stai dando del vecchio?" chiese Rubén con visibile alterazione.

"Non sollevi i mobili come una volta."

"Non significa che io non possa farlo, sono solo fuori allenamento."

"Comunque sia, potrebbe aiutarti."

"Non è necessario, dobbiamo anche cercare un insegnante in grado di completare l'educazione di base di Isabel. La muscolatura normale sarà sufficiente."

La piccola Isabel, dal canto suo, era poco interessata alla conversazione dei suoi genitori. Le stanze dello showroom catturavano tutta la sua attenzione e, quasi senza rendersene conto, iniziò a spostarsi di qualche metro.

"Piccola, non allontanarti troppo" Alejandra la richiamò vedendola a pochi centimetri dall'entrata.

"No mamma, sto solo guardando."

"Lasciala stare, il salone dispone di accessi e uscite controllate, e poi non può rompere niente" intervenne Rubén, indicando i bioandroidi dall'altro lato del pannello.

"Comunque non mi piace che vada in giro da sola" spiegò Alejandra.

In quel momento, approfittando della disattenzione dei suoi genitori, troppo concentrati l'uno sull'altro, la piccola attraversò la soglia nel modo più furtivo possibile. Passò dalla sala da pranzo al salotto e poi in diverse camere da letto: in alcune c'erano bioandroidi bambini intenti a giocare tra loro. Le apparvero molto più simpatici di tutti gli adulti, che le sembravano sempre prepotenti. I bambini, poi, erano così simili a lei: era impossibile temerli. Ad ogni modo, in più di una occasione suo padre si era rifiutato di comprarne uno.

I piccoli bioandroidi notarono subito la presenza di Isabel e iniziarono a farle dei cenni dall'altro lato del polimero trasparente, come avrebbe fatto qualsiasi bambino. Si riconoscevano nella sua figura ed erano affascinati dalle differenze.

"Perché sei dall'altra parte?" domandò uno di loro avvicinandosi al divisorio.

"Non lo so" rispose Isabel "tu perché sei da quella parte?"

"Da questa parte ci sono tutti i bambini" affermò il bioandroide indicando un paio di compagni.

"Tutti?" chiese Isabel sorpresa. Era quasi sicura di aver incontrato altri bambini e non aver notato nessuna barriera di separazione, ma era successo in pochissime occasioni e non ne aveva la certezza assoluta.

"Si, tutti. Vieni a vedere" rispose il piccolo, e con le mani le fece segno di seguirlo.

Isabel gli stette dietro attraversando molte stanze: avanzarono ognuno dalla sua parte del polimero finché non giunsero al centro della sala di esposizione, in una sorta di cortile interno. L'ambiente era incredibile: pur essendo in una struttura chiusa, si aveva la sensazione di trovarsi all'aria aperta. La luce chiara sembrava naturale e irradiava calore proprio come quella del sole. Era il risultato della più recente tecnologia nel sistema di acclimatazione: si poteva persino godere della dolce brezza autunnale grazie a un sistema aerotermico. La piccola fu pervasa da leggeri brividi a causa dell'umidità della rugiada sulle piante, ma non ci fece troppo caso. Al pari di tutte le altre stanze, il cortile interno conservava la divisione simmetrica ed era proprio la barriera ad aver rapito l'attenzione di Isabel. C'erano almeno una dozzina di bambini, tutti dalla parte del bioandroide.

Avevano tutti un'età compresa tra i quattro e i dieci anni ed erano vestiti come il bambino che l'aveva portata lì, sembravano appartenere a una stessa squadra. Correvano di qua e di là senza prestare attenzione a niente, se non a loro stessi. Isabel li osservava a bocca aperta, incapace di credere ai propri occhi.

"Che bello" esclamò la bambina meravigliata. Neanche durante le istruzioni pedagogiche aveva condiviso uno spazio con così tanti bambini.

"Te l'ho detto" rispose il bioandroide con sufficienza, gonfiando il petto.

"Che fanno?"

"Giocano a *makis*."

"Makis?"

"Sì, si parte di corsa dalla linea, i bambini dell'altra squadra provano a colpirti con il pallone o ad acchiapparti. Se cinque giocatori riescono ad arrivare dall'altra parte si grida *makis*, così si vince. Altrimenti vince l'altra squadra" spiegò il bambino con tono pedagogico.

"Sembra divertente, posso giocare con voi?"

"Certo, ma devi venire da questa parte."

"E come si fa? C'è una porta?"

"Non lo so, non ne conosco nessuna..." disse il bioandroide con tono triste "...come hai fatto tu la prima volta?"

Isabel non si preoccupò di rispondere: si avvicinò al polimero trasparente mentre il suo compagno si allontanava di un paio di passi, spaventato e senza parole, limitandosi a osservare le mani della bambina avvicinarsi alla barriera. Isabel toccò la superficie tiepida e liscia, cercò di spingere ma era resistente e nonostante la pressione non si deformava in alcun modo. Si allontanò e poi provò a colpirla: niente.

"Non credo possa rompersi" disse il bioandroide sorpreso, avvicinando la mano alla barriera senza osare toccarla.

"Dov'è la porta? Come sei arrivato lì?"

"Sono sempre stato qui."

"Vivi lì da sempre?"

"Oh no, sono stato in molti edifici ma sempre da questa parte della barriera. Proprio come tutti gli altri bambini."

"Deve esserci un modo per entrare."

"Io non l'ho mai visto."

"E tu sai tutto?"

"Certo" disse lui con sicurezza.

"Cosa c'è sopra le scale?" domandò la bambina con perspicacia.

"Sopra le scale?"

"Sì, di là c'erano delle scale, ho visto una porta chiusa. Cosa c'è lì?" rispose Isabel, facendo segno con il braccio verso le stanze.

"Lì non si può entrare."

"Perché no?"

"Possono entrarci solo gli adulti, a noi è proibito."

"L'entrata deve essere lì."

"Non puoi entrare..." ripeté il bioandroide, ma prima ancora di lasciargli finire la frase, Isabel si incamminò.

Il bambino provò a starle dietro, ma dal suo lato della

barriera incappava di continuo in altri bioandroidi che lo ostacolavano. Si sforzò di seguirla più velocemente possibile, attraversò le stanze, schivò bambini, adulti e mobili, si fece strada tra i vari ambienti ripercorrendo il cammino che prima avevano seguito insieme. Quando giunse al salotto accanto alla sala da pranzo, dove si trovavano le scale, Isabel era già a metà rampa: era quasi arrivata al primo piano. La guardò da lontano: era appena qualche centimetro più alta di lui, ma poteva vantare una sicurezza mai vista in nessun altro bambino. Nessuno di loro sarebbe arrivato a tanto, nemmeno i più forti o quei pochi dotati di impianti metallici per il miglioramento delle abilità.

"Finirai nei guai," esclamò nel tentativo di fermare Isabel, ma lei sembrò non dargli retta.

Non poteva fare niente, la vide sparire dietro la porta. Spaventato, corse verso le scale, salì di soppiatto e fu pervaso dal desiderio di aprire e guardare con i suoi occhi: c'era o non c'era una porta che collegava le stanze? Stava per farlo, ma delle voci di adulti lo fermarono. Di fronte alla possibilità di essere scoperto corse giù per le scale e si nascose in uno spazio vuoto sotto i gradini. Guardò prima verso il polimero e poi verso la parte superiore delle scale, sopra di lui, da quale parte sarebbe stato il prossimo incontro con Isabel?

Isabel salì le scale emozionata, pronta ad aprire la porta velocemente ma un mormorio dall'altra parte bloccò i suoi movimenti. Non era disposta a rinunciare. Dopo un momento di indugio decise di muoversi con maggiore lentezza. Con tutta la cautela di una bambina di sei anni, abbassò la maniglia ed entrò gattoni, cercando di far meno rumore possibile.

Come tutto il resto della struttura, la stanza era divisa e ammobiliata in modo simmetrico. C'erano una tavola lunga, molte sedie ai lati e alcuni mobili appoggiati alle pareti.

La parte in cui si trovava Isabel era vuota e con le luci spente, immersa in una lieve oscurità: dall'altra parte si stava svolgendo una vivace discussione tra adulti. A Isabel importava poco di quel tipo di discussioni, ma sapeva di non doverli interrompere in situazioni del genere. Per evitare di essere vista, scivolò sotto la tavola e cercò di raggiungere la barriera o, meglio, di trovare un'apertura per passare dall'altro lato.

"Sono macchine..." diceva uno di loro ai suoi compagni "ve lo dico, non hanno niente di naturale. Hanno protesi artificiali dappertutto."

"KT12, parla piano. Se qualcuno dovesse sentirti, saresti finito" tentò di calmarlo uno degli altri.

"Ma non capisci? Ti rendi conto che noi siamo più organici di loro? Siamo riusciti ad acquisire tutto in modo naturale, non ci manca niente" insistette KT12.

"KT09 ti ha già avvisato: o ti dai una calmata o finirai per metterci tutti nei casini" si intromise un altro.

"Puoi raccontarci di nuovo cosa è successo?" gli chiese una quarta voce un po' rauca.

"Stavo lavorando in cucina," spiegò KT12 "riparavo alcuni tubi quando dall'altro lato della barriera ho notato uno di loro. Si è avvicinato al lavandino, si è sciacquato la faccia e poi si è staccato una mano."

"Ma come si è staccato una mano?"

"Se l'è staccata. La mano non era sua, era robotica" spiegò.

"Sei sicuro?"

"Sicurissimo. Non scherzerei mai su una cosa del genere."

"Allora è vero..." disse la voce rauca "...mio padre diceva..."

"Non abbiamo un padre" lo interruppe KT09 "siamo bioandroidi. Lo sai, esseri organici coltivati in maniera artificiale."

"Che ne sai tu di ciò che siamo? Nessuno ha mai visto le

stanze di coltivazione, eravamo tutti troppo piccoli per ricordarcene" controbatté KT12.

"Vabbè, in ogni caso, allora: la guida assegnatami nel periodo di formazione..." si corresse la voce rauca evitando il conflitto "...sosteneva che fossimo noi a comandare prima. Diceva che eravamo noi, gli esseri naturali, i veri abitanti di questo pianeta a pieno titolo. A un certo punto della storia hanno cercato di replicarsi e migliorarsi, hanno creato le macchine e lo hanno fatto così bene che non erano più distinguibili dagli esseri umani. Le macchine, sfruttando i loro punti di forza hanno preso il potere, si sono diffuse nel mondo e hanno invertito le cose. E ora vogliono che noi umani lavoriamo per loro. Non è per vendetta, non possono sentirne il desiderio, ma per dare una presunta utilità alla nostra esistenza. Ci hanno convinto di essere una loro creazione e di dovergli essere devoti, ci hanno definito 'bioandroidi' e rinchiuso dietro questo polimero trasparente."

"Sono solo leggende dei bioandroidi" commentò KT09.

"Se ne sei così sicuro, come spieghi ciò che ha visto KT12?"

I bioandroidi rimasero in silenzio, cercavano di riflettere. Il silenzio gli permise di percepire un lieve colpo: Isabel aveva gattonato sotto la tavola fino a scontrarsi con la barriera. Convinta di avere ragione, colpì il polimero con la speranza di trovare l'apertura per attraversarlo.

"Che ci fai qui?" le chiese KT12 notando la sua presenza.

"Vorrei arrivare dall'altra parte e giocare a *makis*" rispose Isabel uscendo dal suo nascondiglio e mettendosi più dritta possibile. Suo padre le aveva insegnato che i bioandroidi erano come i cani grandi: non bisognava mostrargli timore perché, pur apparendo minacciosi, era lei l'essere superiore, per natura, a chiunque di quella specie.

"Pensate che ci abbia sentito?" chiese KT09.

"Certo che ci ha sentito!" rispose la voce rauca. Sulla polo di piquet obbligatoria si leggeva in modo chiaro il suo nome: KT04.

Isabel capì di essersi cacciata nei guai e si lanciò subito verso la porta a piccoli passi.

"Sta scappando!" disse KT12.

"Ehi, fermati!" le ordinò KT04.

La piccola non ne aveva la minima intenzione. Arrivò alla porta, corse giù dalle scale tanto veloce da rischiare di cadere. Il piccolo bioandroide, rimasto ad attenderla fin dal primo momento, la osservò correre senza fermarsi, fece per chiamarla ma scattò l'allarme: uno dei bioandroidi nella sala conferenze aveva colpito la barriera vedendo la bambina correre. L'intera ala doveva essere ispezionata e le guardie sarebbero arrivate da un momento all'altro. Per il ragazzino era il momento di tornare dai suoi compagni.

Isabel continuò a correre all'impazzata in cerca di sua madre, invece trovò suo padre, da solo, mentre osservava il polimero trasparente.

"Perché corri così? Sembri un bioandroide" la richiamò facendo un cenno verso i prodotti di ultima generazione che volteggiavano e si organizzavano a grande velocità.

"Mi dispiace" si scusò Isabel avvicinandosi al padre senza smettere di guardarsi indietro. Era convinta che i suoi inseguitori sarebbero apparsi da un momento all'altro per rimproverarla della sua intrusione nella conversazione. Cercò di calmarsi, ma il suono dell'allarme peggiorava la sua angoscia.

"Papà, possiamo andarcene?"

"Certo, tesoro, lo faremo al ritorno di tua madre. Guarda, sta arrivando."

"Eccoti," esclamò Alejandra vedendo sua figlia "pensavo ti fossi persa."

"Ti avevo detto che sarebbe riuscita a tornare da sola, è una bambina intelligente" rispose Rubén.

"Molto bene, allora andiamo a comprare il bioandroide così possiamo andarcene. Abbiamo già passato troppo tempo qui dentro" puntualizzò Alejandra con un tono infastidito.

Isabel negò con il capo. Era terrorizzata dal fatto che i suoi genitori potessero acquistare uno dei suoi persecutori. Ad ogni modo, i due non si accorsero del rifiuto della piccola.

"Non sono convinto, amore" confessò Rubén, mentre la moglie rispondeva alzando un sopracciglio: "è che... guardali! Si sono agitati senza motivo. Di certo non sono stati cresciuti bene. Forse sarebbe meglio aspettare un annetto, magari li perfezionano. Mi sembra abbastanza evidente: sono ancora difettosi. Hai presente i tipici problemi dei prodotti nuovi?"

Appena Rubén ebbe finito di parlare, uno dei bioandroidi restò immobile a guardarlo attraverso il polimero. Sembrava sorpreso e spaventato, aveva una postura rigida. Rubén notò che il bioandroide lo osservava; si voltò, lo valutò con lo sguardo per assicurarsi che fosse inoffensivo. Ne fu certo nel giro di pochi secondi: non c'era nulla di pericoloso in lui. Non aveva niente, neanche una protesi al titanio, solo un apparecchio acustico a una delle due orecchie che non considerò meritevole di attenzione. Il bioandroide, al contrario, tremò di paura di fronte all'osservazione da parte dell'impianto oculare e si diede alla fuga appena il puntino rosso, il segnale dello sguardo di Ruben, sparì dal suo corpo.

Alejandra assistette alla scena e reagì con un sospiro di rassegnazione. Con suo marito la storia era sempre la stessa: desiderava le tecnologie di ultima generazione, le più avanzate, era sempre in attesa delle novità ma quando poi se le ritrovava davanti si mostrava deluso, cercava una scusa e decideva di non averne più bisogno. In genere, poi, tornava a casa e trascorreva i due mesi successivi a lamentarsi perché non aveva comprato niente. Alla fine, era lei a comprare e, in caso di difetti o errori nel nuovo acquisto, doveva prendersene la responsabilità. Sempre così. In quel momento, però, non era dell'umore per discutere. Aveva visto ciò che le interessava e il suono ripetitivo dell'allarme la invitava ad andare via. Prese la mano di sua figlia e si preparò a tornare a casa, lasciandosi alle spalle *Serviology* e i suoi bioandroidi.

Nonostante i ventuno gradi esatti a cui era mantenuta la temperatura della stanza, i palmi della piccola Isabel erano madidi di sudore. Era il sudore tipico della paura, la paura che percepiscono i bambini quando non capiscono cosa sta succedendo, ma sentono, in cuor loro, il presagio di qualcosa di terribile.

Diecimila seguaci

di Sandrine L. Sarango

Sandrine López Sarango (Lima, 1993) ha partecipato ai Festival del cinema con varie nomination. Tre dei suoi racconti sono stati pubblicati da riviste antologiche digitali e in un libro. Al momento sta lavorando alle sceneggiature di due film, di un corto animato d'autore e come professoressa di Narrativa audiovisiva e Sceneggiatura cinematografica.

1

Apri gli occhi e la prima cosa che vedi è il rosso.

Inspiri aria con voracità, come se stessi lottando per non affogare in mare, senza una direzione precisa. L'incessante segnale acustico all'orecchio destro si trasforma in un suono distante e ovattato e inizia a preoccuparti. Merda, ti manca solo di diventare sorda a causa dell'esplosione.

Ti passi una mano dietro la testa, proprio dove senti pulsare forte: qualcosa di umido ti esce dal cranio. Doppio merda, ti stai dissanguando. Senti una voce flebile accanto a te.

Grazie per avermi lasciato l'udito all'orecchio sinistro, soldati, posso continuare a vivere, dici tra te e te mentre ti alzi con lentezza; guardi verso l'orizzonte, verso l'enorme disastro lasciato da quella maledetta esplosione.

All'improvviso, il rosso lascia spazio a un'oscurità illuminata solo da lampade al tungsteno ancora integre. Segui con lo sguardo la luce rossa di un elicottero in movimento, va e viene dall'alto, cerca qualcosa. Abbozzi un sorriso stanco. Se avrai fortuna, sarai la prima a trovarla.

"Avi?" senti di nuovo il sussurro e, stavolta, ti volti subito verso il punto da dove proviene. Sommerso da una grossa cappa di polvere e cenere, tuo fratello, poco più piccolo di te, ti osserva dal basso. La sua voce è tremante, spezzata dalla polvere e dal fruscio dell'elicottero che sorvola l'area. Tutto in lui indica stanchezza, eppure, guardandolo fisso in quegli occhi così neri come i tuoi, riesci a percepire solo una grande forza.

"Hai visto dove è volato il cellulare?"

Tripla merda.

"Cazzo!" mormori mentre inizi a scendere dalle macerie per cercare.

Maledici il giorno in cui quel venditore da quattro soldi della zona sud ti ha convinto a comprare una cover protettiva nera. Intorno a te è tutto nero.

"Muoviti Blue, alzati, aiutami a trovarlo."

È come cercare un ago in un pagliaio, ma sai che devi farlo. Se perdi quel telefono, sprofonderai nella parte più bassa della catena alimentare, sarai peggio dei reietti. Ti rifiuti di doverci passare di nuovo. Bisogna trovarlo. All'improvviso, si sente un cicalio familiare: è a qualche metro di distanza.

Il rumore dell'elicottero è ormai lontano e lasci che quel suono così peculiare ti riempia il petto di allegria: una notifica.

Blue avanza subito verso l'origine, scava tra le pietre e alcuni pezzi di ferro di dubbia provenienza fino a che, alla fine, lo trova. Intatto. Il tuo corpo percepisce sollievo, ti stendi leggera a terra.

"È acceso?"

Blue ti allunga una mano e con l'altra tiene il telefono in alto, come se stesse per farvi una foto. Quando lo osservi è lì: lo schermo ancora acceso; riesci a vedere il tuo riflesso sorpreso nel video: la diretta sta ancora andando.

La voce di Blue rompe il tuo stupore: "Sì, amici, siamo vivi! Nessuno si aspettava quell'esplosione, eh?" Si volta verso di te, vedi la sua mano sporca e un rivolo di sangue ti scorre davanti.

"Andiamo, Avi, i tuoi seguaci chiedono di te."

Blue volge il capo verso la videocamera del cellulare e sorride come se le sue mani non stessero tremando di paura.

"So che avete un sacco di domande da farci, ragazzi, vi prometto che risponderemo a tutte quante, ma prima dobbiamo uscire dalla zona del *rapimento*. Come sapete, gli attacchi sono sempre più mirati, la ricerca di Cappuccetto Rosso sta diventando una vera caccia alle streghe. Vi immaginate se riuscissimo a trovarla?"

Il ronzio soffocato all'orecchio destro non ti permette di sentire il cento per cento di ciò che dice Blue, ma sai che sta cercando di tranquillizzare gli spettatori facendo il giocherellone nel ruolo di Blue Night, streamer di contenuti.

Afferri la sua mano e ti alzi, non dici niente nella diretta, lasci che sia lui a prendere il controllo della situazione facendo qualche battuta, e scommetti su quale influencer riuscirà a trovare per primo Cappuccetto Rosso di internet.

La leggenda vivente.

Il discorso di Blue s'interrompe di colpo quando, da lontano, si sente tornare il rumore degli elicotteri militari. Non lo percepisci in modo chiaro, ma puoi vederli, laggiù, col vai e vieni di luci rosse e bianche, le stesse che ti hanno accecato quando ti sei ripresa.

Non hai la minima esitazione nel girarti verso Blue: gli togli il telefono di mano senza dare importanza a ciò che sta inquadrando né a cosa si possa vedere.

"Dobbiamo andarcene," sussurri osservando le macerie attorno a te nel tentativo di trovare un varco che vi riporti alla nuova città di Lima. Si è formata dopo i terremoti, dopo l'enorme disastro di cui, guarda caso, non ricordi molto, se non qualche frangente, breve e surreale.

"Come fosse un sogno" ricordi che ti sussurrò un giorno Blue: dormivate in brandine sporche, in un vecchio complesso abitativo in mattoni che aveva visto giorni migliori. Ci sono momenti, come quelli, in cui ricordi com'era Lima appena cinque anni fa. Nella tua mente le immagini sono sfocate, pezzi di ricordi tagliati come vecchie foto. La parte curiosa della faccenda è che, a ogni tentativo di ridisegnare la forma dei tuoi ricordi, sei pervasa da un intenso dolore alla testa, ti si appanna la vista e provi un senso di nausea crescente. A volte vomiti, a volte ti sdrai e dimentichi il motivo per cui stai tentando di ricordare.

Il suono di una notifica ti sottrae ai pensieri, avvicini il cellulare al volto. Sono circa cinquemila le persone connesse alla diretta, nella sezione dei commenti inizi a leggere le migliaia di messaggi. Uno in particolare ti fa sorridere con tenerezza.

"Grazie per esserti preoccupato, box5615. L'esplosione è stata forte, ma stiamo bene, almeno credo. Vero Blue?" chiedi, girando la testa verso tuo fratello, lui ti segue un po' zoppicando. Aggrotti le sopracciglia: "La tua gamba..."

Lui sorride, quasi non ci fosse una scheggia di vetro conficcata nel suo polpaccio, dice: "Tranquilla, non è niente. Non sanguina molto, non ha intaccato nessuna arteria, solo alcune vene..."

Ti chini, fai attenzione mentre poggi il cellulare tra le macerie in modo da inquadrare entrambi dal basso. Poi, con cautela, afferri il pezzo di vetro conficcato nel polpaccio di Blue. Lui non fiata, ti guarda stringendo i denti, conscio del dolore che proverà a farsi estrarre un corpo estraneo dalla carne. Ingoi saliva e conti prima di tirare fuori il vetro, la carne rimane esposta e un gemito di dolore sfugge dalle labbra di Blue, che si inginocchia accanto a te..

"Non muoverti."

Prendi un lembo della tua maglietta, la parte più pulita, e inizi a fasciare stretta la ferita. Ti volti verso la camera e sorridi a stento.

"Un laccio emostatico, amici. Si usa quando le ferite sanguinano a lungo. Eviterà che Blue perda altro sangue e la ferita s'infetti. Sì, Analita67, so che non è il massimo dell'igiene, ma l'alternativa sarebbe stata lasciargli il vetro nel polpaccio," ti asciughi il sudore dalla fronte mentre osservi Blue muovere piano la gamba, "a mali estremi, estremi rimedi."

"Parlando di estremi rimedi..." senti la voce di Blue, ti giri a guardare ciò che indica al di sopra dell'antico edificio residenziale, a non più di tre chilometri da voi.

Gli elicotteri stanno tornando. Imprechi. Ti alzi, afferri il cellulare e fai un cenno verso una strada malconcia.

Senza fare molto rumore Blue ti segue. Mentre cammini, metti il cellulare in modalità silenziosa per evitare il suono delle notifiche. È il minimo che puoi fare. Interrompere la diretta non è tra le opzioni.

Da quando si è insediato il regime plutocratico nella nuova città di Lima, ogni tuo gesto è stato compiuto per il bene di tuo fratello, che lui lo volesse o no. Non ricordi com'erano di preciso le cose prima del terremoto, ma sai benissimo quanto vi è costato riuscire ad avere un nome, a diventare gli Hermanos Night, gli influencer dei social media alla continua caccia di nuove tendenze.

Gironzoli da un posto all'altro con Blue al tuo fianco, alla scoperta dei misteri di una Lima dimenticata da più di cinque anni. Una Lima che nessuno ricorda.

Scavi tra le macerie traballanti dell'antico centro città, tra le strade principali ridotte a cemento rialzato, franate dappertutto. Tu e Blue siete famosi proprio per questo. Il vostro profilo sui social raggiunge quasi i diecimila seguaci.

Altri duemila ed entrerete di diritto nella lista di influencer sponsorizzati da Taurus, la compagnia che governa la nuova civiltà dall'alto. Una volta ottenuta la sponsorizzazione, potrete lasciarvi alle spalle quella vita malandata e tutto il dolore che vi ha causato.

"Devo solo trovarla..." dici tra te e te percorrendo un vicolo angusto.

Di colpo, ti fermi. Blue, accanto a te, si lascia scappare un fischio. Davanti ai tuoi occhi un graffito rosso e nero: una mantella rossa con una maschera antigas. Senza esitazione sollevi il cellulare e mostri la parete ai tuoi seguaci.

I commenti vanno da "il simbolo di Cappuccetto!" a "ce la state facendo, Hermanos Night!", ma ti scivolano addosso. L'impressionante immagine davanti a te ha rapito tutta la tua attenzione. Il mantello rosso ti suona noto, è come se qualcosa in fondo allo stomaco borbottasse intanto che con la mente cerchi di individuare l'emozione specifica. È come se fosse...

"Un déjà vu."

Ti volti verso Blue, anche lui concentrato sul disegno. Ha la bocca dischiusa di chi contempla un'opera d'arte: non sei l'unica a percepire una strana connessione con quell'immagine. Torni a guardare l'imponente graffito che, nell'oscurità della notte e illuminato dal lucore del cellulare, sembra uno spettro, un'ombra che guida i passi dei vagabondi e se ne prende cura. Non è forse questo il messaggio diffuso da Cappuccetto Rosso?

Di colpo, una voce infantile ma forte e decisa risuona al ritmo di un clic familiare. Alzi piano le mani verso l'alto senza battere ciglio.

"Lasciate il cellulare."

Stringi forte il dispositivo. Blue accenna un no con la testa e mentre si gira a rilento, tu lo imiti. Davanti a voi, un bambino di non più di una decina d'anni punta un fucile d'assalto AR-15 un po' ossidato proprio alle vostre teste.

Terrorizzata, completi il gesto di alzare le mani in alto e con gli occhi fuori dalle orbite fissi il bambino: è irriconoscibile, indossa un mantello nero che gli copre i capelli e parte del corpo, occhiali neri che non lasciano intravedere gli occhi e una mascherina nera in lattice che è agganciata alle orecchie e copre il volto dal naso fino al mento. Ne rimane visibile solo un piccolo lembo di pelle scura tra la mascherina e gli occhiali.

Quasi il 90% dei bambini che vivono nei complessi abitativi rimasti fuori dalle grandi metropoli della nuova città di Lima hanno quelle caratteristiche. In verità, non ti sono molto d'aiuto per riconoscerlo da nessun lato.

"Ascolta," lanci un'occhiata a Blue che ha deciso di fare il coraggioso e muovere un passo in avanti. Stringi ancora il telefono e in quell'istante capisci di essere in diretta. Un pensiero macabro ti passa per la testa come un flash automatico: se a Blue sparassero in diretta, con tutta probabilità otterreste i duemila seguaci mancanti e Taurus, l'indomani, vi contatterebbe. Avreste i soldi necessari per portare Blue in un ospedale e curare le sue ferite. Lo aiuterebbero.

Devi solo lasciare che ti spari...

"Non abbiamo soldi, né oggetti di valore, solo il cellulare, ma..." scandisce piano Blue, ma il bambino alla parola cellulare alza l'arma "...possiamo offrirti metà dei nostri diecimila seguaci, così potrai iniziare... cinquemila potrebbero andare?"

Ti catapulti in avanti senza pensarci due volte.

"Ma sei impazzito?" urli, ignorando l'arma, "Ti rendi conto di quanto ci è costato raggiungere quel numero?"

Blue si volta verso di te, ha la faccia sudata, è pallido, sembra stia per svenire.

"Sto cercando di evitare che ci uccidano, Avi," dice tra i denti.

"Preferisco morire piuttosto che ricominciare di nuovo da zero," la convinzione nel tuo sguardo fa farfugliare Blue. Col cellulare in mano ti rivolgi al bambino, lui continua a puntarvi l'arma. Nonostante ciò, ti avvicini, senza un briciolo di paura.

Con la coda dell'occhio guardi il cellulare, le notifiche impazzano, riesci a leggere alcuni commenti tipo: "correte, Hermanos Night!", "voglio vedere il sangueeee", "mira alla testa!", "non è il momento di mollare, Hermanos Night!", "#findtheredhood."

Quest'ultimo messaggio ti fa sorridere e ti dà il coraggio di andare avanti. Quell'hashtag rappresenta l'inizio di tutto per voi: la ricerca, la crescita dei vostri profili, le dirette notturne, la caccia a Cappuccetto Rosso, l'idea di cominciare a pubblicare le foto dei luoghi distrutti dell'antica Lima. È stato il punto di partenza per i diecimila seguaci. Ciò che vi ha motivato a uscire dal complesso abitativo: tutto per ottenere la vita che Goliath promette nelle dirette e negli annunci, appoggiato con fervore da Taurus. Una lotta per non dover più restare a guardare dalla panchina e veder giocare gli altri ai massimi livelli, per non essere le riserve, ma i protagonisti. Essere "qualcosa di più."

Cos'altro vuoi essere? ti chiedi.

La canna dell'AR-15 sbatte contro la bocca del tuo stomaco. Tremi, ma sei decisa. Se Blue non si sacrificherà per quei duemila seguaci, lo farai tu. Dovete ottenerli a ogni costo. Così, abbassi lo sguardo e punti il cellulare verso il bambino mostrando in camera come l'arma affonda nel tuo addome, poi dici: "Spara."

Cala un momento teso di silenzio: nessuno dei due muove un muscolo.

Senti la canna del fucile scivolare piano verso il basso per tornare ad agganciarsi alla spalla del ragazzino. Lui sospira, stanco.

"Non capisco perché sacrifichiate le vostre vite per qualcosa di così stupido come i seguaci. Sono solo numeri, cifre del cazzo, porca puttana..." sussurra mentre sistema l'arma e si toglie gli occhiali.

È ancora lì quando indietreggi di un passo. Blue si avvicina e ti prende per le spalle.

"Stai bene? Ti ha ferito?" chiede preoccupato.

"Sto bene, guarda," rispondi tu indicando il bambino.

Entrambi rimanete incantati a guardarlo: i suoi splendidi occhi innaturali sono azzurro fluorescente e illuminano la notte. Sembrano due enormi lanterne. Cerchi di mettere a fuoco per riuscire a ottenere qualche seguace grazie alla rarità del bambino, ma Blue ti ferma. Non dice niente, eppure, solo a guardarlo è chiaro che, se dovessi riprenderlo, supereresti un limite che sarebbe meglio non oltrepassare.

In più, c'è una leggenda metropolitana, una di quelle antiche, che tutti i sopravvissuti ai terremoti hanno sentito almeno una volta. Narra di uomini e bambini dagli occhi azzurri fluorescenti: escono durante la notte, alla luce della luna, per cacciare gli umani, strappargli la pelle e succhiargli il sangue. Si nascondono dietro figure innocenti come vagabondi o ragazzini ma poi...zac! Ti prendono, ti uccidono e ti portano di nascosto sulle Ande per attraversare la frontiera verso i Paesi non stabiliti. Li chiamano i *supays*.

"Cercate Cappuccetto, vero?" Il bambino ti riporta alla realtà. Annuisci subito.

"Come vi chiamate da influencer?"

Apri la bocca ma la voce non esce. È come se le corde vocali avessero smesso di funzionare. Riesci a pensare solo agli enormi occhi azzurri inquietanti e fluorescenti di fronte a te.

"HermanosNight. Tutto attaccato," Blue ti salva. Come sempre.

Il bambino annuisce e, facendo oscillare l'arma, tira fuori da una tasca del mantello un cellulare malmesso e fuori moda: un modello vecchio, forse del 2020, ammaccato, anche se funzionante a dovere. Lo vedi aprire delle app e scrivere il nome, sai che ha individuato i profili grazie al colore delle foto. Inizia a scorrere guardando le immagini che a mano a mano avete caricato, le dirette in cui avete scoperto i posti più remoti della Lima post-terremoti.

Poi si ferma e dice: "L'hashtag," alza lo sguardo "l'avete creato voi?"

Lanci uno sguardo a Blue, lui aggrotta la fronte.

"No, l'abbiamo trovato sei mesi fa su un profilo-bot, era virale. All'improvviso, tutti hanno iniziato a usarlo nelle dirette in cui cercavano Cappuccetto," spiega Blue provando a scrollarvi di dosso qualsiasi responsabilità da "abbiamo-seguito-il-trend."

Il ragazzino si lascia scappare un segno di approvazione mentre continua a passare in rassegna le foto; poi spegne il dispositivo e lo ripone nella tasca del mantello. Vi guarda fisso e un brivido percorre il tuo corpo.

"Seguitemi, vi porto io dove volete andare," si gira e inizia a camminare verso la fine della strada. Tu e Blue vi guardate, incerti se fidarvi o meno di un *supay*. Il bambino si volta verso di voi, guardandovi da lontano. I suoi occhi risplendono come due fari azzurri nella notte buia.

"Volete conoscere o no Cappuccetto Rosso?"

Una proposta che, per vostra sfortuna, non potete rifiutare.

Guardi Blue consapevole di non dover ricorrere alle parole per consultarvi: avete trascorso insieme abbastanza anni da sviluppare una comunicazione quasi telepatica, anche da prima del grande terremoto. I suoi occhi, scuri quanto i tuoi, denotano un timore intrinseco ma al contempo una curiosità, una domanda implicita sulla veridicità di quanto afferma il bambino. Così, con un impercettibile segno del capo, zoppicando appena, lui si avvia per primo, camminando dietro al ragazzino con l'arma letale sulla spalla.

Tu rimani a guardare col cellulare stretto nella mano destra: hai quasi dimenticato la diretta, ma sta continuando. Respiri una, due, tre volte. Ti ricomponi. Sollevi il cellulare, sfoggi il tuo sorriso migliore e avanzi inquadrando il cammino.

Cerchi di rimanere nelle retrovie, senza parlare troppo, sussurrando cose agli spettatori solo quando serve, per evitare di richiamare l'attenzione del bambino. Allo stesso modo, Blue cerca di tenere un basso profilo mentre attraversate tratti ampi e rocciosi. Percorrete strade strette, bizzarri sottopassi bloccati, vie interrotte da sbarre in pessimo stato o arrugginite dal passare del tempo. Poi, a un certo punto, il bambino si ferma, si gira e ti fissa.

"Devi interrompere la diretta," si rivolge a te, quasi fosse un ordine.

Sbatti le palpebre. "Come?"

Lui sospira. "Ci stiamo avvicinando alla base, lì il segnale è quasi nullo, diminuirà comunque man mano che ci avviciniamo al perimetro. Penso che tu debba chiuderla adesso, mentre siamo ancora nei dintorni, per evitare un'interruzione improvvisa."

"Avete un firewall così potente?" Blue è meravigliato.

Il bambino fa cenno di sì. Cali lo sguardo verso lo schermo del cellulare, esiti per un istante, il pulsante *stop* ti tenta.

Cosa succederebbe se fosse la verità? Meglio salutare i seguaci in maniera adeguata piuttosto che interrompere una diretta in modo brusco. Questa è la regola base di Goliath, l'indicazione che ha sempre ripetuto. E, comunque, tra i commenti leggi: "Non lo fate, Hermanos Night", "E se fosse una trappola?", "Continuate con la diretta!", "Se dovesse interrompersi nessuno si arrabbierà con voi!"

Arricci le labbra e alzi lo sguardo, incredula. "Perché dovrei crederti?"

Gli occhi spettrali del bambino ti attraversano l'anima quando ti fissano.

"È un atto di fiducia, dovresti essere disposta a farlo. Non credi?"

Stavolta, però, non ti lasci intimidire. Per quanto sia un *supay*, se dovesse stracciarti l'anima, dovrà farlo davanti a tutti i tuoi seguaci.

"Continuiamo con la diretta," replichi.

Il bambino fa spallucce e si gira per riprendere il percorso tra le rocce.

"Poi non venirmi a dire che non ti avevo avvisato."

Ha ragione.

Dopo qualche istante noti subito un rallentamento dell'app: i commenti non arrivano con la stessa frequenza e anche l'immagine s'interrompe più del tempo tollerato dalla piattaforma. Blue rallenta e si ferma accanto a te, anche lui guarda il display.

"S'è interrotta per davvero..." dice con un filo di voce carica di sorpresa.

Irritata, osservi il messaggio "nessuna connessione" apparire sulla piattaforma e capisci, con tuo enorme rammarico, che la diretta è terminata. Premi con una certa frustrazione il pulsante di stop e mormori: "Bastardo."

Il bambino sogghigna mentre avanza lungo la strada in

rovina. Stando a un cartello arrugginito e impolverato, siete sull'antico corso Cusco, anche se ora come ora non ha proprio niente che ricordi un corso. Sembra più un viale a due corsie, del tutto distrutte.

"Goliath insegna ai suoi seguaci a comportarsi così? A insultare quelli che li aiutano?" Il bambino sbuffa con ironia. "Il motivo non mi sorprende..."

Fai una smorfia. Infili il telefono nella tasca dei pantaloni bianchi, ora più grigi di sempre e mentre stai per replicare, Blue ti anticipa: "Non la penseresti così se vedessi come si vive nei complessi abitativi, le condizioni a cui dobbiamo sottostare," fa una pausa ma continuate a camminare, "per tutti noi, Goliath è l'unica speranza di un'esistenza migliore. Lui e Taurus promettono una vita dignitosa."

Lo vedi sorridere e, in automatico, sorridi anche tu.

"Ti immagini quanto sarebbe utopistico se uno come lui fosse presidente di tutto il Paese? Garantirebbe sicurezza ai giovani. Saremmo ascoltati e ci verrebbero riconosciuti i diritti negati dai vecchi regimi. Un governo senza moneta, solo seguaci... non ti pare geniale?"

Il bambino continua a camminare, poi si volta ma, invece di guardare Blue, fissa te. Il suo sguardo non ti spaventa più come prima, eppure ti turba la profondità o le emozioni che lo attraversano quando ti osserva con tanta intensità. "Che ne pensi?" insiste Blue.

Abbassi gli occhi. Tocchi per un attimo il cellulare.

"Avi?" senti la voce di Blue.

Nessuno rallenta. Non rispondi.

Ci stai pensando già da un pezzo, se vuoi essere sincera con te stessa. Sì, faresti qualsiasi cosa per i duemila seguaci: ti taglieresti una gamba e ti faresti impiantare una protesi pur di entrare nella lista degli influencer sovvenzionati da Taurus. Ma riguardo la possibilità che Goliath governi il Paese?

La rivoluzione di Cappuccetto? Da che parte stare? Sebbene l'hashtag abbia dato impulso alla vostra carriera, anche la curiosità di capire fino in fondo cosa sia questa "rivoluzione" ti ha tirato fuori dai complessi abitativi. Ti ha condotta alla luce.

La domanda rimane in sospeso quando, senza preavviso, raggiungete un'enorme porta di metallo, completamente distrutta. L'edificio è un palazzo antico che, riconosci per caso grazie a una vecchia mappa trovata in una stanza del complesso abitativo, in una scatola umida non proprio in ottime condizioni.

"Casa Pardo," sussurri.

Il bambino la osserva e inarca gli angoli della bocca in un sorriso quasi reale.

"Vedo che hai fatto i compiti, Avi."

"A proposito," è Blue a interrompere, sulla difensiva, le parole del bambino "sei il leggendario... *supay*?"

Di fronte alla domanda il suo sorriso si trasforma in una risata machiavellica.

"Tu cosa credi?"

Senza dire altro il ragazzino, arma in spalla, si addentra nel palazzo: tu lo segui, stavolta con Blue a chiudere la fila. Attraversate un cortile deserto di mattoni rotti e malandati, del tutto fatiscenti e smossi dai sommovimenti sismici. Ti accodi al ragazzino che si fa strada nel complesso come fosse casa sua.

Vi porta al piano di sotto scendendo una scala, in una specie di sotterraneo creato da poco; lo capisci dalla freschezza del suolo. Infine, vi guida verso un'altra porta d'acciaio, nuova di zecca. Pigia un piccolo pulsante nell'angolo interno della cornice e le porte si aprono in automatico.

Tu e Blue osservate con ammirazione un enorme ascensore sotterraneo in titanio darvi il benvenuto. Rimani a bocca aperta. Guardi a destra e a sinistra e nel momento in cui i tuoi occhi si fermano sul ragazzino, noti che ti osserva. Osserva solo te. Eppure, quando parla si rivolge a entrambi.

"Volete ricordare cosa è successo il 25 dicembre 2035?" dice lui entrando in ascensore, la luce ultravioletta rende i suoi occhi viola, quasi come fossero lenti a contatto: "Entrate."

Avanzi di poco e senti una pressione sul braccio destro. Ti giri e vedi Blue immobile. Di nuovo, non avete bisogno di parlare per comunicare. Ti sta dicendo che non si fida, lo sai bene. Neanche tu ti fidi, ma la curiosità è molto più forte.

Hai individuato quel luogo sulla mappa già da parecchio tempo e pianificavi, prima o poi, di raggiungerlo. Era nella lista degli obiettivi, ma non hai avuto tempo di organizzarti. Così, invece di fermarti, afferri con forza la mano di Blue, intrecci le dita alle sue e lo fissi. Cerchi di trasmettergli con lo sguardo ciò che solo tu puoi dirgli: *sono qui, supereremo anche questa insieme, come sempre.* Del resto è ciò che avete fatto fin da quando ne avete memoria. Vi siete coperti le spalle.

Procedete, entrate nell'ascensore e osservate la luna sparire dietro le porte di metallo, mentre si chiudono con un suono agghiacciante.

La sensazione di assenza di gravità mentre l'impianto scende ti provoca una reazione strana allo stomaco, ma ti passa subito. Scendete vari piani sottoterra, l'ascensore è del tutto sigillato quindi non riesci a vedere nulla. Avete la sensazione di sprofondare nelle viscere della Terra. Alla fine, l'ascensore rallenta e si ferma. Ultimo piano. Le porte si aprono e una donna vi accoglie: indossa lo stesso mantello del ragazzino e vi punta una pistola TRG-42, stavolta dritto al cuore.

Non esiti ad alzare le mani, né a far sì che Blue ti imiti nonostante le sue proteste. A ogni modo, la guardi con aria di sfida, non intendi andartene senza combattere.

"Il dispositivo ha segnalato il peso extra, Zef," senti il rumore della sicura dell'arma alzarsi. Sta facendo sul serio. "Chi sono?"

Zef si libera dall'arma a tracolla con indolenza, come se non ci fosse il pericolo di morire in una fortezza sotterranea sconosciuta. Guarda la donna e le porge l'arma sorridendo in modo sbilenco e beffardo.

"Sono venuti a cercarla. Di nuovo."

A queste parole, la donna dal cappuccio nero mette giù l'arma e si mostra sorpresa. Tu abbassi le braccia e ti avvicini a lei. Nel frattempo, la donna si è tolta il cappuccio, lasciando intravedere una chioma di riccioli neri disordinati. Arrossisci. È bella: una delle poche afrodiscendenti rimaste a nuova Lima, almeno così credi. Ti schiarisci la gola e decidi che stavolta sarai tu a gestire la conversazione. Blue ha già fatto abbastanza per te...

"Sappiamo che si trova qui..."

Bene, sei pessima in queste cose.

Lei si aggancia l'arma alla spalla e dice: "Non so di che parlate, ma se volete posso recuperare i vostri ricordi. Tutti vivono per i propri ricordi..."

"Vogliamo di più..." Blue ti precede e si posiziona tra voi, cercando di proteggerti. "Cappuccetto è qui. Lo so. Non c'è neanche bisogno di chiederlo, è evidente dai segnali intorno a noi: videosorveglianza, cecchini lì e là," puntualizza lui indicando due angoli ciechi dietro alla donna, la quale sogghigna, "una fortezza d'acciaio da cui potremmo scappare solo con il tuo aiuto. È qui."

"E anche se fosse?" La donna incrocia le braccia di fronte a voi, "perché dovrei lasciarvi passare?"

Non è difficile immaginare cosa risponderà Blue: qualcosa d'impulsivo, veritiero, ma che non vi garantirà l'accesso né un passo in più in quel corridoio. Così si presenta nella tua mente la risposta che non sei riuscita a dare al ragazzino: "Perché ho dei dubbi, capito? Perché dubito della parola di Goliath, di Taurus e dello Stato. Voglio sapere, va bene? Lo voglio, mi è necessario, è il mio sogno da quando ho memoria... Eppure, in tutta onestà, qualcosa non mi quadra. Ogni volta che vedo il simbolo di Cappuccetto, o una delle sue dirette, o gli hashtag in rete, sento una pressione enorme nel petto, una voglia di gridare, di piangere, di colpire ovunque... perché c'è qualcosa che vuole *salire*... ma *non può*."

Le tue sono state parole impreviste e veloci, Blue ti osserva preoccupato e la donna ha fatto qualche passo indietro. Sei in iperventilazione.

"Non so se sono ricordi, se è febbre, o se si tratta di un maledetto déjà vu: so solo che non avrò pace finché non parlerò con lei. Lasciaci soltanto parlare con lei."

Capisci che avevi chiuso gli occhi appena li riapri e vedi la donna osservarti come se tu avessi pronunciato una formula magica. Non dice una parola, né accenna approvazione. Si rimette il cappuccio, si aggiusta l'arma in spalla e vi fa cenno di seguirla. Tu sorridi, ti volti verso Blue che ti guarda con la fronte corrucciata, senza lasciarti la mano.

La donna vi guida attraverso un labirinto, svolta agli angoli giusti e vi fa sudare con il suo trotto agile e rapido, tuttavia non vi perdete. Scorgete una porta rosso sbiadito alla fine di un breve corridoio. Lei si ferma, la apre e vi invita a entrare. È tutto buio, alcuni monitor di sicurezza sulla parete laterale emettono una luce fioca. Gli schermi sono pieni di immagini che conosci, immagini di posti dove sei stata in passato, alcuni mostrano persino il percorso di altri influencer in diverse zone dell'antico centro città. Allora ti rendi conto che vi hanno sempre seguito. Non siete arrivati lì per caso.

Quando abbassi lo sguardo noti subito che, seduta su una sedia mezza rotta, c'è Cappuccetto, con la maschera antigas e gli occhiali. Il mantello rosso le ricade come una seconda chioma sulle spalle e le copre i capelli. È irriconoscibile, persino le sue mani sono coperte da guanti di cuoio nero per evitare di esporre la pelle.

"Sono passati sotto gli scanner del corridoio, non sono armati. Hanno i cellulari, ma dubito che possano iniziare una diretta a questa profondità," specifica la donna mentre richiude la porta rossa con un cigolio raccapricciante. La penombra rende tutto più tetro.

"Vogliono solo parlare."

Una respirazione quasi robotica rimbomba nella stanza.

"Che parlino allora..."

È come corrente elettrica, o così la senti tu. In qualche modo, la sua voce ti suona familiare, la cerchi in un luogo, in un tempo, ma la tua mente è un ammasso di fitta nebbia e diventa più densa mentre cerchi di ricordare. Stringi i pugni, senti l'aria mancarti e alzi lo sguardo verso Blue, lui muove le labbra in fretta. Sbatti le palpebre. È lui a gestire la conversazione, cerchi di tenere a bada il segnale acustico e di disperdere la nebbia per prestare attenzione alla sua domanda: "...perché vuoi togliere ai giovani le opportunità per cui Goliath ha lottato tanto?"

No, non era quella la domanda che avresti voluto farle tu.

Senti la donna ridere.

"Non capireste."

"Mettimi alla prova," risponde Blue.

"Conosci la storia di Davide e Golia?"

Al diniego di Blue, lei attacca: "Davide era un pastore, un cittadino comune, mentre Golia era un gigante sotto il controllo dei filistei. Davide non era un soldato ma, allo scopo di mettere fine alla guerra, decise di affrontarlo armato di cinque pietre e una fionda, niente di più. Golia aveva un'ascia, una spada, e tantissime armi con cui avrebbe potuto uccidere Davide, eppure fu sconfitto dal colpo di una pietra alla fronte. Fu preso alla sprovvista: non si sarebbe mai immaginato di essere vittima di qualcosa del genere, proprio lui, il grande e potente Golia... distrutto dal suo stesso ego." Si alza dalla sedia: "voi non siete così oggi? Un'enorme massa di egocentrici che vuole creare influenza anche a discapito della miseria altrui? Non è questo che avete fatto, HermanosNight?"

Il cuore ti batte come se stessi correndo una maratona, la sua voce ti ha riportato ricordi offuscati: mani soffici che ti accarezzano i capelli, una ninna nanna. Una giacca rossa, bagnata di sangue fresco.

"No, no, non lo avremmo mai fatto..."

"Ah, no? A quanto ho visto dalle telecamere di sicurezza, tua sorella ha rischiato la vita per cinquemila seguaci." La sua risata ti fa venire la pelle d'oca.

"Taurus vi tiene dove vuole. Una massa di adepti con gli occhi fissi sugli schermi alla ricerca di conforto perché temono di ricordare... Sapete come si dice? Un popolo docile che non ricorda, né si ribella è destinato all'estinzione." Il suono dei suoi passi ti rimbomba nelle orecchie come le bombe dei militari. "Ma questo lo sapevi già, non è vero Avi Night?"

Non reggi più il tuo stesso peso e cadi in ginocchio sul pavimento della stanza. Attorno a te i contorni si sfocano, le linee deformi vanno e vengono in una vertigine crescente mentre il sordo segnale acustico in fondo al tuo udito risuona sempre più forte. Senti in lontananza le grida di Blue, percepisci a stento le sue mani sui tuoi zigomi, il tuo corpo è del tutto insensibile. Sembra un sogno.

"Che le avete fatto?" urla Blue, ma la sua voce non è quella di sempre, si mescola con un'altra più grave e potente mentre l'immagine di un uomo maturo e con una barba folta si affianca alla sua. I colori vibrano sulle punte dei suoi capelli e riesci a distinguere solo i suoi occhi: neri come i tuoi.

"Chi...?" sussurri, appoggiandoti a terra. Ti muovi sulle ginocchia e alzi lo sguardo verso Cappuccetto: da quella prospettiva sembra più imponente, forte, e spietata di sempre.

Il simbolo dei rifugiati. Ma perché sei tu a sentirti rifugiata in sua presenza?

Percepisci il guanto sollevarti il mento e vedi il tuo volto sudato riflesso negli occhiali neri, il cappuccio rosso continua a coprirle tutto il capo ma, da vicino, riesci a scorgere un pezzetto di cuoio capelluto; a ogni modo, non c'è luce sufficiente per individuare un colore o una fazione. Resta un enigma, un mistero.

"Sapevi già tutto, Avi Night," le sue dita di lattice ti accarezzano il mento con morbosa curiosità. Tremi. "Il tuo discorso all'ingresso. L'ho sentito."

"Non diceva sul serio, voleva solo..." la disperazione nella voce di Blue ti penetra nelle ossa.

"Perché non lasciamo che sia lei a parlare?" La mano scompare all'improvviso dal tuo mento e sospiri impaurita. Ti osservi dagli occhiali e scorgi la verità nei tuoi stessi occhi.

Per la prima volta dopo tanto tempo, riesci a vedere la tua verità.

"C'è una cassettina bagnata dalla pioggia sotto il mio letto," racconti con la voce tremante di ricordi, ti volti un secondo verso Blue, "non ho voluto mostrartela perché non sapevo come dirtelo." Riprovi a guardarti negli occhiali. "Ci sono foto, cartoline, lettere scritte a mano, chiavette usb, hard disk, taccuini e mappe, parecchie mappe. Appartengono tutte a persone diverse, sembra una collezione di diari di vari periodi, ma tutti quanti antecedenti al 2035, riguardano la vita prima dei terremoti, ciò che noi non ricordiamo…"

"Ma che stai… Avi, ma è…" Interrompi Blue bruscamente.

"Impossibile? Lo so, ho pensato la stessa cosa. Eppure, c'è una frase all'ultima pagina di uno di quei diari. Ne ricordo soltanto una in modo molto chiaro," alzi un dito verso Cappuccetto, portando l'attenzione sul numero, "solo una: *non esiste ricordo che valga più del tuo sorriso*. Non esiste ricordo che valga più del tuo sorriso…" ripeti, mentre ti lasci cadere. "…il resto sono pagine bianche o scarabocchi senza senso né logica."

Il silenzio nella stanza è agghiacciante. Ascolti il respiro di Cappuccetto, sembra fatto di macchine che funzionano alla massima potenza, come se fosse attaccata a un polmone artificiale. La donna afrodiscendente avanza di qualche passo, ma Cappuccetto le fa cenno di fermarsi. Tu la guardi con occhi devoti e dici: "So solo che qualcuno, a un certo punto, ha deciso che un sorriso valeva più dei propri ricordi…chi potrebbe fare una scelta così radicale? Chi?" Stai per svenire. "Dimmi, chi rinuncerebbe alla sua stessa memoria? Alla sua identità?"

Senti gli stivali di Cappuccetto che raschiano il suolo mentre s'inginocchia, il lattice ti percorre il viso, stavolta in una carezza più delicata. È più intima, come quella di una madre prima di rimboccarti le coperte per dormire, come un saluto prima di uscire nel mondo esterno.

Come un déjà vu.

"Vuoi ricordare, Avi?"

Con affanno, all'apice dell'incoscienza, annuisci e se non fosse per la maschera nera che indossa, giureresti di vederla sorridere. "Fallo."

L'ago nel collo ti prende alla sprovvista, così come il liquido viscoso che s'insinua nelle tue vene. Senti in modo vago le urla di Blue mentre Cappuccetto lo afferra. Cadi con un colpo sordo e, nella nebbia, osservi tuo fratello ricevere la stessa iniezione. I vostri sguardi tornano a incrociarsi nella sala di controllo, e vi capite al volo.

Siete spacciati.

Nonostante ciò, per qualche incomprensibile motivo, ti senti alleggerita.

Rifletti. *Qual è il premio per aver trovato Cappuccetto di internet? Qual è la nostra ricompensa?*

"I vostri ricordi, Avi," riesci a captare mentre le immagini si fanno sfocate. "*Non esiste ricordo che valga più del tuo sorriso,* Goliath è sempre stato un romantico anche se, alla fine, tutto è arrivato a sfuggirgli di mano."

Chiudi gli occhi e l'ultima frase che riesci a sentire è: "Sapete già dove trovarmi."

2

Apri gli occhi e la prima cosa che vedi è il rosso. Però stavolta è diverso.

Stavolta non ci sono esplosioni assordanti, né sangue sulle mani, sul capo o sui pantaloni; le orecchie non ti scoppiano, non ci sono segnali acustici che ronzano dietro la testa. Ci sono solo lacrime che scorrono come pioggia sulle tue guance. Alzi una mano e le tocchi con delicatezza, le guardi come fossero una nuova estensione del tuo corpo.

Poi, ricordi. Ricordi tutto.

I grandi terremoti. L'inizio di Taurus nel 2025.

Il parco della tua infanzia. La nascita di Blue... no, Benjamin. Si chiama Benjamin.

E tu non sei Avi, sei Alba. Come il sorgere del sole. A tua madre piaceva molto questo nome per il suo significato.

Eri la sua piccola alba.

Tua madre, tuo padre, l'uomo dalla barba folta che somiglia tanto a Blue, a Benjamin.

L'uomo che ha dato inizio a tutto: Goliath.

Ti siedi piano, ti giri e vedi tuo fratello. Lui ti guarda, sdraiato sulla frana con gli occhi bene aperti. Piange in silenzio mentre ti osserva con riconoscenza, la sua anima e i suoi occhi sconvolti. Come sempre, non avete bisogno di parole. Sapete entrambi cosa state provando e cosa pensa l'altro, è quasi una simbiosi, è la fortuna di aver superato tanti momenti traumatici insieme. È ciò che vi lega come fratelli.

Ti rimetti in piedi tra le rovine, e aiuti Benjamin a fare lo stesso. Il suono di una notifica vi risveglia dallo stupore e, per abitudine, cercate tra le macerie la cover nera del cellulare. Quando lo trovate, quasi per miracolo, lo schermo è ancora tutto intero: una e-mail da Taurus vi fa strabuzzare gli occhi. Inizia così:

CONGRATULAZIONI!

HAI RAGGIUNTO DIECIMILA SEGUACI, SEI PARTE DELLA TAURUS CORPORATION.

"Ce l'abbiamo fatta," sospira Benjamin. Ti volti verso di lui ma non cogli alcun segno di allegria, al contrario, sembra confuso. E anche tu lo sei.

"È una trappola, vero?" obietti, e non devi neanche ripeterlo.

Il déjà vu ti arriva come un attacco di panico. Premi il pulsante di spegnimento del cellulare, aspetti che sia disattivato e lo lanci più forte che puoi verso i resti dell'esplosione. Non appena lo fai, il rumore degli elicotteri risuona in lontananza. Sono lì, vi cercano.

Taurus non vi lascerebbe mai liberi.

Sapete troppo. Ricordate troppo.

"Dobbiamo tornare da lei."

Ti rivolgi a Benjamin, che ha già imboccato una delle strade percorse prima. Si volta, ti vede immobile e ti raggiunge per porgerti la mano. Trema e sai che ha paura, zoppica e sta sanguinando, ma è tutto quel che ti resta. È la tua famiglia. Prendi la sua mano e vi incamminate verso Casa Pardo.

Arrivate all'alba, quando il sole inizia a sorgere e a tingere le macerie di un rosa pallido misto all'azzurro pastello. Nell'aria aleggia la puzza di benzina bruciata e gli elicotteri sembrano essere sempre più vicini. Eppure, di fronte a voi, l'alba è più bella che mai.

"Mamma mi ha dato un bel nome," dici mentre entri nell'ascensore di metallo sorridendo, "non come a te, Benjamin. Ma che vuol dire Benjamin?"

"Non lo so," risponde lui incrociando le braccia. Penso di chiederglielo non appena arriveremo di sotto.

Le porte dell'ascensore si chiudono.

Terrapunk

di Luis Adolfo Apolín Montes

Luis Adolfo Apolín Montes (Huaraz, Ancash, Perú), è dottore in Didattica, docente di Lingua e letteratura e laureato in Giornalismo. Ha pubblicato le raccolte TeZtimonio. El grito de los días *(2015);* Hermano. El silencio de los días *(2017); e la raccolta di entrambi,* Epitafio *(2020). Ha contribuito a numerose antologie di fantascienza e horror a livello nazionale e internazionale.*

Aveva sessant'anni ben portati e la sua pelle ramata era in perfetta armonia con la sua chioma ondulata, che le ricadeva con sensualità sulle spalle: era considerata un vero angelo. E non solo per la sua indiscutibile bellezza, ma anche perché era l'unica Organizzatrice capace di ottenere più del dieci per cento di successo ad ogni Festival annuale del concepimento.

Le piaceva arrivare presto al suo *centro per l'accoppiamento*, l'appellativo che lei stessa aveva conferito a quell'ufficio disseminato a ogni angolo di minuscoli alberi da frutto e in cui l'unico mobile bianco fungeva da nucleo esecutore per le negoziazioni della sua particolare attività.

La salutavano con profondo rispetto, alcuni si piegavano persino in un leggero inchino al suo passaggio: era una pratica abbandonata ormai da vari secoli, ma la cui esecuzione dava l'idea della sua eminenza.

Si sistemava, attivava il Sistema quantistico telecinetico e, rimanendo immobile, controllava serenamente, a occhi chiusi, i fili che muovevano i suoi molteplici impegni. Quelle settimane erano un vero via vai poiché gli inviti da parte dei villaggi per le loro Feste annuali del concepimento erano arrivati a dozzine.

Il mondo era rimasto frammentato dalla Guerra eugenetica, che aveva obbligato gli uomini a ridurre la popolazione a meno di cinquanta milioni di persone ormai da molte generazioni. Le riunioni per la fecondazione assistita erano l'essenza delle comunità che, però, a causa delle leggi terracratiche e dei *cacicazgos,* i cacicchi locali, non potevano superare i mille abitanti.

La distribuzione ineguale delle risorse, motivo di separazione degli uomini nel corso di tutta la loro storia, era diventata un concetto incomprensibile per i pochi uomini e donne che governavano il mondo. Godevano dell'abbondanza di ricchezze offerte dai terreni migliori e dai climi più favorevoli. Questi erano disponibili appieno per la popolazione: il numero ridotto garantiva l'accesso a tutte le risorse necessarie per una vita rilassata.

Gli esseri umani, però, hanno sempre cercato di distinguersi e l'unico modo possibile per farlo, in quel momento, era considerare determinate attività più raffinate di altre. Per esempio, da Organizzatrice dei Festival annuali del concepimento, la sua presenza non solo era indispensabile ma, a volte, obbligatoria in quei villaggi in cui c'era maggiore affinità con il cacicco locale di turno.

La sua solita agitazione per quelle giornate frenetiche prese una piega repentina quando, all'inizio della settimana, ricevette un incarico inusuale. Prima del tramonto, mentre riposava dopo una faticosa mattinata dedicata a coltivare i rigogliosi orti attorno alla sua casa di donna sola, un paio di uomini bussarono alla sua porta presentandosi come agenti terracrati.

"Guardi," disse uno dei due. I saluti e gli addii erano considerati di cattivo gusto, vi ricorrevano solo i pochi che ancora si ostinavano a vivere ammassati in baraccopoli con più di mille abitanti: una pratica orribile, un sacrilegio per i villaggi più conservatori. "Vorremmo assegnarle un incarico sulla base della sua formidabile esperienza per ciò che riguarda i Festival del concepimento."

L'uomo si rivolgeva a lei con il distacco di chi legge una lista di ragioni per cui i seleniti avevano smesso di cercare un contatto con la Terra da cinque generazioni.

"Secondo i nostri algoritmi, esiste una probabilità molto alta che in questo villaggio ci sia un uomo capace di un ciclo estrale permanente."

Quella era un'espressione elegante per definire un mito di quel momento: umani ricettivi a livello sessuale. Sebbene il concetto fosse in genere legato al mondo femminile, la definizione si era ampliata a tutti i generi, in seguito alla devastante anafrodisia dalla quale era stato colpito il mondo intero in conseguenza della catastrofe che aveva condotto alla Guerra eugenetica. A ciò si aggiunsero le politiche per il calo demografico in tutti i Paesi sopravvissuti ai conflitti, un impulso al conseguente annullamento delle generazioni successive: era inutile vivere in un mondo condannato alla costante distruzione.

I risultati furono diversi, ma, in generale, coloro che si rifiutarono di seguire la nuova normalità si ridussero a cittadini di terza classe intoccabili, con pochi diritti, o perfino nessuno. In altre nazioni il calo demografico ebbe un ottimo esito: gli ultimi abitanti, agricoltori solitari senza discendenza, furono trovati senza vita molti anni dopo la loro morte in occasione di visite degli ambasciatori degli Stati vicini.

Fu un processo lungo, lento e doloroso, che richiese più di cinque secoli. La valle tra le Ande dove viveva ora, un tempo era stata l'area urbana di una città ubicata nel bacino di un fiume possente, fiancheggiato da due catene montuose i cui nomi sono andati persi tra le ombre del tempo. In passato accoglieva più di centomila anime, in quel momento era abitata da venti famiglie. Molte di queste erano costituite da giovani soli che sembravano diventare sempre più chiusi.

Si poteva davvero credere all'esistenza assurda di un uomo con un ciclo estrale permanente?

Lei credeva di conoscere tutti i suoi vicini, comprese le famiglie che vivevano nelle aree più calde della valle e con le quali avrebbe concluso dei contratti quella stessa sera. Se un uomo del genere fosse esistito per davvero lo avrebbe saputo, ne era sicura. In realtà, le affermazioni di quei soggetti più che sorprenderla la offendevano. Era possibile che qualcuno le nascondesse un segreto del genere? Non era forse lei la più indicata a venire a conoscenza di tale prodigio?

"È difficile da credere, lo sappiamo, ma non avremmo motivo di mentirle". Avevano ragione. Quando si vive in una comunità piccola la fiducia è un imperativo se non si vuole incorrere in problemi gravi nel futuro.

"Gli algoritmi non sbagliano mai" aggiunse il più giovane.

"Come potrei aiutarvi?" domandò lei cercando di riprendere il controllo della situazione.

"Semplice, sappiamo di chi si tratta e siamo sicuri che stia dispensando la vita da almeno un centinaio di anni."

Un altro eufemismo, pensò. "Dispensando la vita" era un modo per dire che l'uomo si accoppiava con le femmine recettive della specie.

"È indebito e pericoloso" affermò lei sorpresa.

"Comunque, non possiamo accusarlo di niente perché le interessate custodiscono il segreto molto bene" spiegò il più anziano.

"In più, come di certo saprà, è impossibile avere delle prove senza il consenso delle persone coinvolte" precisò il giovane.

"E quindi io cosa potrei fare?"

"Convincerlo."

"A fare cosa?"

"A smettere di farlo."

Smettere? Quell'uomo non era forse una benedizione per tutti? Il senso comune voleva che se davvero in quel villaggio ci fosse stato un uomo del genere, allora di sicuro esistevano suoi simili in altri luoghi. Donne e uomini con cicli estrali continui: una soluzione alla carenza mondiale o una nuova tragedia?

Poteva essere la soluzione all'asfissiante necessità di compagnia che sembrava flagellare tutti. Le città sarebbero potute tornare ad essere le grandi megalopoli del passato e i centri urbani considerati dei collassi sociali poiché avevano più di diecimila abitanti, sarebbero apparsi come piccole cittadine di fronte alle metropoli di milioni di abitanti prospettate dall'esistenza di un essere umano del genere.

"Non capisco, non sarebbe meglio così?"

"Sarebbe meglio."

"E quindi?"

Entrambi la guardarono fisso, senza ostilità né sorpresa, come avrebbero guardato un pezzo di roccia staccata da una strada dove in passato transitavano i veicoli alimentati da combustibili fossili ormai esauriti, o come avrebbero guardato una tuta a condensazione solare, l'indumento che tutti utilizzavano per percorrere lunghe distanze ormai da più di trecento anni.

"Perché è un sociopatico" rispose il più giovane.

Nonostante avesse qualche rimorso a dover lasciare il suo centro per l'accoppiamento e la mole di lavoro ancora da svolgere, era cosciente di essersi assunta una responsabilità più importante, per cui, programmò la tuta a condensazione solare con le coordinate ricevute dai due uomini qualche giorno prima.

Il luogo era conosciuto come *La Quebrada*.

A differenza delle aree circostanti, la zona era dominata da una profonda valle e, nonostante tutto, era un punto d'attrazione poiché era l'unico bosco della nazione, dove si coltivavano gli straordinari alberi *invictos*.

MALLKI

CONTROLLO PERMANENTE

Recitava un laconico messaggio sul portale d'ingresso.

Sebbene quelle piante prodigiose fossero state battezzate *Mallki* in una lingua ormai estinta da millenni, erano conosciute da tutti col nome di *invictos*.

Il loro creatore era un uomo appassionato di antichità: collezionava reliquie antichissime come i cosiddetti *video digitalizzati*, le cui informazioni fornivano una visione abbastanza chiara e precisa sulle pratiche e gli interessi dell'umanità prima della Guerra eugenetica.

Tutti conoscevano la storia familiare dell'allora proprietario: nel corso di più di novecento anni, i suoi antenati avevano condotto esperimenti sui limiti scientifici delle strutture arboree, nell'ambito della dendrologia. Il capostipite era l'inventore dei *pini aspiranti*, che riuscirono a salvare dalle piogge acide i *cacicazgos* a oriente grazie al loro potere di aspirare (da lì il nome) cinque volte più diossido di carbonio di qualsiasi agglomerato di alghe marine.

Negli intrecci del suo albero genealogico si nascondeva, poi, un oscuro prozio, padrino delle *cisterne*. Erano alberi con una circonferenza superiore a duecento metri quadrati, impiegati sulle catene montuose più alte e desolate per raccogliere l'acqua per le valli in periodi di secca e come deposito naturale per le aree agricole del famoso *Muro verde*, dall'altro lato del continente.

Il suo bisnonno era il creatore del progetto dell'*albero cibum*, purtroppo fallito i cui frutti imitavano il sapore e la consistenza di diversi tipi di carne, ma che non riuscì a competere con la travolgente popolarità della carne coltivata.

Maggiore successo era toccato a suo nonno con l'*albero ad infinitum,* capace di raggiungere trenta metri in quindici giorni. La crescita fu però tanto eccessiva da costringere i leader terracrati a estirparli. Da allora solo alcuni vengono coltivati in laboratori specializzati e sottoposti a rigidi controlli.

Poi, suo padre. L'ideatore dell'*ultra sempervivum,* capace di germogliare e dare frutti in qualsiasi ambiente: dalle oscure profondità delle fosse oceaniche alle cime più alte dei ghiacciai, fino ai deserti meno ospitali. Fu sfruttato in modo eccessivo durante il processo di colonizzazione extra-planetaria e, nonostante il suo legno non fosse mai stato di buona qualità, si rivelò un materiale irrinunciabile per i pionieri.

Infine, c'era lui. La persona che stava cercando: i suoi alberi *invictos,* dopo il collasso generale del settore minerario globale a causa della mancanza di manodopera qualificata, erano i più richiesti.

Rimase a guardare, non senza un certo stupore, le depressioni provocate da quelle piante. Erano impiegate in varie aree del globo in sostituzione del metallo per le industrie e l'artiglieria moderna. La stessa artiglieria che era rimasta indenne dalla guerra, il fatidico evento che, secondo gli specialisti più conservatori, era durato poco meno di cinque secondi.

Era sorprendente poter osservare quei prodigi della manipolazione genetica. Erano alberi dall'estrema densità, il loro peso provocava le peculiari depressioni circostanti, e di una durezza tale da dover aggiungere due punti alla scala di Mohs.

"Avrebbe dovuto annunciare il suo arrivo, siamo sempre felici di ricevere degli ospiti, in particolare se si tratta di persone come lei" sentì una voce avvicinarsi alle sue spalle. Si voltò senza fretta per conoscere il padrone di casa.

L'uomo di fronte a lei era la persona più ordinaria che avesse mai visto, almeno in apparenza. Aveva la pelle ramata, un po' di pancetta, una corporatura esile, era un po' più basso di lei e sorrideva. Irradiava, senza dubbio, l'aura penetrante di chi vanta una sicurezza invidiabile. Per farla breve, era il prototipo ideale per quegli strani meticci delle Ande che erano riusciti a sopravvivere isolati per molte generazioni dopo la guerra.

Era, per di più, l'unico in quella parte dell'emisfero a vantare non solo l'esclusiva degli *invictos*, ma anche la conoscenza delle tecniche adeguate a impiegarli nella costruzione delle armi e degli strumenti per l'industria globale.

"Se sa chi sono, sa perché sono qui."

"Lo so" rispose l'uomo sedendosi sul prato e sollecitandola con un gesto a fare lo stesso. Lei accettò ben volentieri. "Una donna del suo calibro non verrebbe mai in visita da un uomo come me se non per una sola motivazione."

"Ciclo estrale" disse lei.

Cadde nel silenzio. Lui alzò lo sguardo per contemplare rilassato le foglie di quegli alberi, in genere utilizzate in molti marchingegni spaziali come isolanti dai radar.

"Sono pronti in sette lune."

"Solo?" rispose lei sorpresa "Pensavo ci volessero anni."

"In un primo momento era così ma, di fronte alla domanda crescente, è stato indispensabile migliorare la tecnologia. L'industria mineraria, per lo meno in questa generazione, non si risolleverà, per cui è meglio garantire la materia prima: un albero così resistente supera qualsiasi metallo esistente sulla Terra."

Notò la presenza di un numero esiguo di persone, pochi gruppi rispetto a quello spazio immenso. Erano impiegate in un posto o in un altro, sembravano revisionare eventuali difetti tra le radici esposte degli alberi.

"Mi perdoni un momento" l'uomo si scusò e diresse lo sguardo verso i piccoli gruppi. Loro cambiarono direzione all'improvviso e si dedicarono all'analisi delle foglie.

"Abbiamo avuto una strana infestazione di afidi mutati, resistono ai pesticidi, per cui siamo costretti a rimuoverli a mano" spiegò l'uomo.

Aveva dato loro nuove direttive attraverso un azionatore di impulsi neuronali: la maggior parte delle persone ne aveva uno attaccato al cranio. Non si trattava di controllo mentale: era proibito. Ricorrervi avrebbe significato rischiare l'espropriazione di ogni bene e una sorta di ostracismo sociale: coloro che non rispettavano la legge trovavano rifugio nelle colonie extrasolari più remote e povere.

"Vedo che non ha molti impiegati né troppi macchinari. L'automazione è comune per persone come lei."

"Tutti ricorrono a moltissimi macchinari per le loro coltivazioni, io preferisco limitarmi allo stretto necessario. Ho solo un vecchio androide a energia solare, funziona unicamente quando il cielo è sereno. Nelle giornate più uggiose opera in modo così lento da risultare quasi un fastidio e, come vede, in questa zona le nuvole non si fanno desiderare. Riguardo ai miei collaboratori, in verità, si tratta di volontari: desiderano imparare il necessario per aprire la loro coltivazione un giorno. La domanda è talmente alta, i nuovi fornitori sono sempre richiesti."

Non stava dicendo sciocchezze, eppure percepiva nelle parole dell'uomo la volontà di sviarla. Era strano stare ad ascoltare qualcuno che, come dicevano nell'antichità, non arrivasse al nocciolo. Non farlo era considerato scortese, erano abituati alle parole dirette, senza fronzoli e digressioni. Era un'etichetta imposta da quanto era considerata mutevole e incerta la vita.

Non conosceva il linguaggio ampolloso del corteggiamento. Se qualcuno desiderava la compagnia di un'altra persona, in tutta semplicità lo diceva, basta; per questo si sentì incoraggiata a seguire la corrente di quel nuovo gioco.

"Vorremmo capire se conosce la ragione del suo ciclo estrale" disse, con la speranza, in fondo in fondo, che lui continuasse a trascinarla tra gli angoli delle sue parole verso il luogo dove lei sapeva di sentirsi sempre più a proprio agio.

"Le darò una spiegazione, ma prima mi permetta di mostrarle i risultati raggiunti da qualche luna."

L'uomo si alzò e le tese una mano. Lei non sapeva cosa fare. Le stava offrendo un aiuto ad alzarsi nonostante sapesse benissimo che non ne aveva bisogno. Perché? Forse per lo stesso motivo per cui aveva quella strana e antica maniera di parlare e salutare? In molte altre comunità quel gesto avrebbe rappresentato una scortesia e avrebbe potuto implicare la lapidazione morale per colui che lo azzardava.

Lei, invece, gliela porse. Le piacque quel contatto etereo, senza motivo, quello scambio di calore della pelle nello sfiorarsi. Per qualche secondo non seppe cosa rispondere al sorriso regalatole da quell'uomo.

"Mi piace," ammise subito, mentre già era in piedi "le va di divertirci un po' domani nel mio ufficio?" le parole ripetute a tanti altri uomini in passato, quella volta, le vennero fuori con timidezza. *Ma che mi succede?* si chiese.

"Sarebbe più che un piacere" le rispose senza lasciarle la mano "ma prima..." la guidò verso una delle poche spianate attorniate da *invictos*. Nel mezzo si ergeva un pilastro ronzante, coperto di piccole forme ottagonali disperse in un apparente caos armonioso.

"Sono sciami" riconobbe lei, liberandosi con delicatezza della mano dell'uomo. In realtà non avrebbe voluto farlo, e ne rimase sorpresa.

"Sciami prospettici" lui precisò.

"Sono stati disegnati in seguito all'estinzione del 90% degli insetti a causa della Guerra," tagliò corto lei "sono molto costosi."

"Ma si preservano da soli" rispose lui.

"Certo, la loro energia è cinetica, è il loro stesso battere le ali a generarla."

I piccoli insetti biocibernetici erano arrivati a sopperire a buona parte della popolazione dei loro pari biologici, erano riusciti persino ad autoriprodursi mediante un processo di semplice nano clonazione: ciò li rendeva un lusso alla portata di pochissimi coltivatori.

"È davvero un peccato che i parassiti non si siano estinti" rifletté l'uomo "eppure anche loro svolgono una funzione. Senza di loro alla nostra piantagione mancherebbe la motivazione per essere più resistente."

"È vero che possono prevedere con estrema precisione il momento esatto per la coltivazione, la potatura e il taglio degli alberi *invictos*?"

"Sì, gli sciami prospettici si sono evoluti molto dalla Guerra. Soprattutto grazie alla Guerra. L'unica tecnologia rimasta in seguito, era quella relativa al clima."

"Avete solo apiformi?"

"Vermiformi, coleotteriformi, lepidotteriformi, moschiformi, ragniformi. Abbiamo un po' di tutto, la varietà è sempre indispensabile."

"Non c'è il rischio di perdere il controllo?"

"No, sono controllati dall'attivatore di impulsi neuronali. Se dovesse rompersi, smetterebbero di muoversi e morirebbero, niente di più. Ciò che invece non è possibile controllare è la loro evoluzione. A quanto pare nel giro di due o tre generazioni presentano già caratteristiche diverse rispetto ai predecessori. È davvero affascinante osservare un organismo per tre quarti robotico riuscire in processi del genere."

Lo stava facendo di nuovo, la trascinava in cammini suggestivi e lei glielo permetteva.

"E il suo ciclo estrale?" volle sapere. Avrebbe potuto comunque continuare il suo gioco.

L'uomo sembrò afferrare le sue intenzioni e tornò a sorridere. La prese per il braccio con dolcezza e le indicò con lo sguardo uno degli sciami prospettici: volteggiava attorno a una foglia.

"Si riproducono e trasmettono alla prole i sistemi di nano clonazione, in questo modo ogni generazione è più integrata della precedente, eppure, come le dicevo, innescano processi evolutivi inspiegabili per la scienza contemporanea."

"E se dovessero ribellarsi?" chiese lei.

"Non lo faranno. L'obbedienza a un capo, la regina, è insita nella loro natura. I moschiformi e i vermiformi sono più caotici, ma con l'ultimo aggiornamento Golding, l'attivatore di impulsi neuronali è capace di gestire i loro algoritmi confusi. Non importa quanto caos esista, ci sarà sempre un ordine da cui trarre vantaggio."

"Il caos non può avere vantaggi. Si immagini cosa succederebbe se il suo ciclo estrale, di cui tanto si parla, fosse lasciato fuori controllo."

L'uomo a questa affermazione non sorrise.

"Chi lo dice?"

"I terracrati", cadde nel suo gioco.

L'uomo lasciò dolcemente la sua mano. Lei pensò per un attimo di essere riuscita a metterlo con le spalle al muro, ma se ne rammaricò. Aveva fatto bene ad accusarlo? pensò con impazienza.

"Ciò lo rende pericoloso" aggiunse, cercando di conferire al tono della sua voce un tocco di dispiacere, senza riuscirci.

"Non solo questo, loro sono convinti che io non abbia il controllo del mio *vantaggio riproduttivo* ma mi creda se le dico che avere un ordine per queste cose rappresenta un impegno assoluto. È una peculiarità che richiede un controllo totale per ottenere i migliori risultati, in linea con il piano."

"Il suo."

"Non solo il mio, quello dell'intera umanità."

"Sì, ha ragione, le chiedo scusa. Il risultato sarà senza dubbio la cosa migliore per la crisi demografica in atto, solo che..."

Forse non avrebbe dovuto menzionare quel "solo che": era un sottinteso che richiedeva, con tutto il peso dell'incompletezza, di affrontare di petto le conseguenze della sua affermazione.

Avrebbe dovuto essere più discreta? Si sarebbe offeso?

"Che sono un sociopatico."

Lo sapeva. Certo. Sarebbe stato ridicolo credere altrimenti: un uomo nella sua condizione doveva per forza essere informato di tutto.

"Non volevo offenderla" si giustificò lei, con la voce a stento percettibile. L'uomo sembrò ignorare le sue parole.

"E cos'altro, se non un sociopatico? Uno che vive del tutto fuori dagli schemi della normalità o della moralità? Io, in tempi primitivi, sarei stato considerato un genio. Quando l'uomo ricorreva ai combustibili deperibili e sfruttava senza un limite le risorse, quando nel mondo eravamo in più di venti miliardi, forse sarei stato considerato come un dio o, quantomeno, un profeta per quanto è visionario il mio piano."

"Qual è il suo piano?" chiese lei alzando il tono di voce.

"Il piano..." l'uomo rifletté, con la sensazione di sentire quella voce per la prima volta "...è semplice. Non c'è niente di più volgare e semplice. Sebbene al momento non abbiano molta importanza, in passato i vincoli di sangue erano abbastanza solidi da mantenere unite le tribù."

"Ha intenzione di recuperare i vecchi modelli tribali?"

"Cosa siamo oggi? La popolazione ai minimi storici, i minuscoli villaggi che spuntano ovunque, non siamo forse delle tribù una di fronte all'altra in lotta per la sopravvivenza nell'isolamento e nella solitudine? È vero che la necessità della tribù non esiste più: si vive estasiati e soddisfatti dalle comodità offerte dal calo demografico e dalla tecnologia... è facile perdersi in questa presunta perfezione, ma tutto ha una fine."

"Nessuno le potrà negare il diritto di tentare di recuperare la tribalità."

"Certo, nessuno potrà farlo" rispose l'uomo allungando una mano verso il suo volto. Perché la intimidiva in quel modo? Che voleva dire quel contatto con le sue guance? Nessuno lo aveva fatto prima, neanche i suoi genitori tricentenari: loro non avevano mai vissuto insieme, parlavano appena in occasione di ogni luna nuova. La sorpresa e il dolce timore provocati da quella mano calda e un po' ruvida la spinsero a chiudere gli occhi per un istante.

"Non ho ancora la cifra aggiornata, per questo non so in realtà quanti figli ho" le disse guardandola dritto in faccia, come se stesse parlando degli alberi abbattuti nell'ultimo mese "ciò di cui sono sicuro, invece, è che sono moltissimi, centinaia di migliaia e un giorno saranno milioni."

"Rappresenterebbe un beneficio per qualsiasi comunità, un regalo per questo mondo" sibilò lei.

"Probabile. Ma preferisco portarli lassù" indicò il cielo con lo sguardo.

Sebbene fosse ancora un'idea agli inizi, era noto l'interesse di quell'uomo a creare dei ponti tra gli asteroidi immemorabili che, in un tempo prima della guerra e per motivi ormai dimenticati, erano stati portati a formare un anello visibile dal pianeta.

Le enormi masse minerali, orbitando attorno alla Terra, funzionavano da piattaforme di decollo per i pionieri e da punto di approdo per alcuni ascensori spaziali.

"Desidero" continuò l'uomo esercitando una delicata pressione sulle dita della donna "riuscire ad unire tutti gli asteroidi tramite dei ponti per poter sfruttare il potenziale di tutte le stazioni in un solo anello attorno alla Terra."

"Per questo ha inventato gli *invictos*."

"Esatto."

"E coinvolgerà tutta la sua 'famiglia.'"

"Certo."

La donna si mostrò pensierosa rispetto a quel disegno.

"Gli alberi possono riprodursi quasi all'infinito" continuò lui di fronte al suo silenzio "ciò fa sì che possano allungare le radici fino a trovare la via più breve per formare i rizomi. Non lo sapeva? È risaputo, da sempre le piante uniscono le loro radici per interconnettersi e affrontare meglio le minacce. Ciò le rende più resistenti all'ambiente. Nel caso degli *invictos* questa necessità si rivela fondamentale quando le condizioni sono ostili. E cosa c'è di più ostile del vuoto dello spazio?"

"Su quella superficie, inoltre, potrebbe creare un ambiente più che propizio per tutti i suoi consanguinei, si potrebbe sfruttare al meglio la luce solare e, con il tempo, sarebbe facile creare un'atmosfera respirabile."

"Sarebbero necessari solo un centinaio di anni per completare tutto. La produzione di ossigeno in realtà non è determinante, i membri pionieri della mia famiglia potrebbero comunque trasferirsi. Per sopportare le dure condizioni dello spazio si potrebbero impiegare le tute a condensazione solare. In più, spero che i primi nati sull'anello sviluppino migliori adattamenti polmonari, in modo da poter sopravvivere con una minore quantità di ossigeno."

"Le leggi terracrate non li colpirebbero..." rifletté lei "le condizioni demografiche degli asteroidi non sono mai state formalizzate, per questo, in teoria, potrebbero ospitare qualsiasi tipo di popolazione."

"Ricordi, inoltre, che gli asteroidi inesplorati sono proprietà di coloro che riescono a colonizzarli."

"Ciò la renderebbe un pioniere esoplanetario. In questo modo nessuno potrebbe contestare il suo diritto di fare ciò a cui aspira."

"E solo per questo sono un sociopatico" sentenziò.

Essere parte di qualcosa di nuovo è sempre allettante, pensava lei mentre si dirigeva verso l'uscita in compagnia di quell'uomo sorridente, con le sue mani sulle spalle. Sarebbe stata una rivelazione riuscire a portarlo ai Festival annuali del concepimento, sarebbe stato al centro dell'attenzione. Avrebbe accettato? Sperava di convincerlo. Ogni cosa a suo tempo, pensò.

"Ci vediamo oggi?" chiese fermandosi davanti a lui prima di uscire dalla porta di *Mallki*. Era più alta di lui, per questo fu costretta ad abbassare un po' lo sguardo per chiedere.

"No, oggi no, la cercherò io."

Fissò lo sguardo nei suoi occhi a mandorla. Percepì il suo esplorarle ogni centimetro di pelle, le sue forme decise e giovanili, famose e bramate dagli innumerevoli uomini con cui aveva condiviso i disegni della passione. Lo stesso sguardo aveva accarezzato migliaia di donne e con loro aveva goduto della sua peculiare follia. Le piaceva.

"Le vecchie usanze non devono andar perdute" le si avvicinò per darle un bacio. Era abituata al contatto delle labbra con quelle degli altri e si preparò a ricevere le sue con gli occhi aperti, ma lui si limitò a darle un bacio sulla guancia.

"Ci vediamo presto."

La donna gli diede le spalle, ma fu presa subito dall'impellenza di dire qualcosa. Una parola mai sentita pronunciare da nessuno prima ma che, per quanto ne sapeva, in passato era ripetuta dalle persone con eccessiva frequenza:

"Arrivederci?"

Si congedò, con imbarazzo, per la prima volta in vita sua. Lui alzò la mano, facendo un gesto di saluto.

"Fare appello ai sentimenti più elementari è sempre stato facile" disse lui tra sé e sé quando vide quell'angelo sparire tra gli *invictos*.

I suoi più lontani antenati, unici sopravvissuti andini della Guerra eugenetica, erano riusciti a divergere dall'homo sapiens e a trasformarsi in un ramo del tutto diverso, capace di stravolgere i limiti dell'impossibile con la Terra, con gli alberi e la vita. Ora stava a lui ripopolare la Terra con il nuovo ceppo. Sociopatico... quell'attributo gli provocava a stento un lieve senso di disprezzo. Quei problemi mentali non trovavano spazio nella nuova specie da lui rappresentata.

"Attaccare dall'alto sarà più facile" aggiunse alla sua riflessione "ma poi, è così semplice ingannare questi umani!"

E sorrise.

Indice

Progetto grafico di Alda Teodorani
Illustrazione di copertina di Hugo Espinoza